ほぼ日文庫

HB-003

ふたつめのボールのようなことば。

糸井重里

HOBONICHI BUNKO

60 大蛇の笑い声
62 回らない首
63 古い回り舞台
64 どこかで聞いた声
65 きょうの占い
68 「いいいいい……」
69 はずれっこない予言
70 生まれ変わった主婦
71 空中の蜘蛛の巣
72 四日目の朝食
74 目玉だけの男
75 変身願望
76 子どもをたずねる男
77 夫婦のたくらみ
78 そのまま生きる
79 朱肉なしの実印
80 本物の保険証
81 ホームレス
82 蟹
83 桜の家へようこそ

83 桜の家の客
84 大いなる別れ
86 孫の遠い日
87 回らない目
88 古い回り舞台（一語違い？）
90 きょうの占い
91 「いいいいい……」
92 はずれっこない予言
94 生まれ変わった主婦
95 空中の蜘蛛の巣
96 四日目の朝食
98 目玉だけの男
99 変身願望
102 子どもをたずねる男
103 夫婦のたくらみ
104 そのまま生きる
105 朱肉なしの実印
106 本物の保険証
107 ホームレス

108 はじめに
109 戦時期の法典調査会
110 民法改正要綱における「家」
114 要綱における婚姻・親子
115 戦時家族法
116 美濃部達吉の「家」論
118 『家の本義』
119 「家」と幸福なる家庭
120 民法親族編の改正
122 婚姻・親子
123 『ナチス法律観』
124 戦後の民法改正
128 中川善之助の「家」
129 大家族制
132 スイス
133 フランス
134 『家の本質』
135 姉歯松平
136 イェリネクの家論について バンフ

137 東条英機
138 目次
139 西
140 目
141 甲
142 子
143 五
144 注意すべき点
148 おわりに
149 生活様式変化に関する
150 ある提案
151 『家』
152 備考
153 丁経緯
154 回目次
155 つみもの
156 結婚ない
157 家族
158
159
160 まこんがな

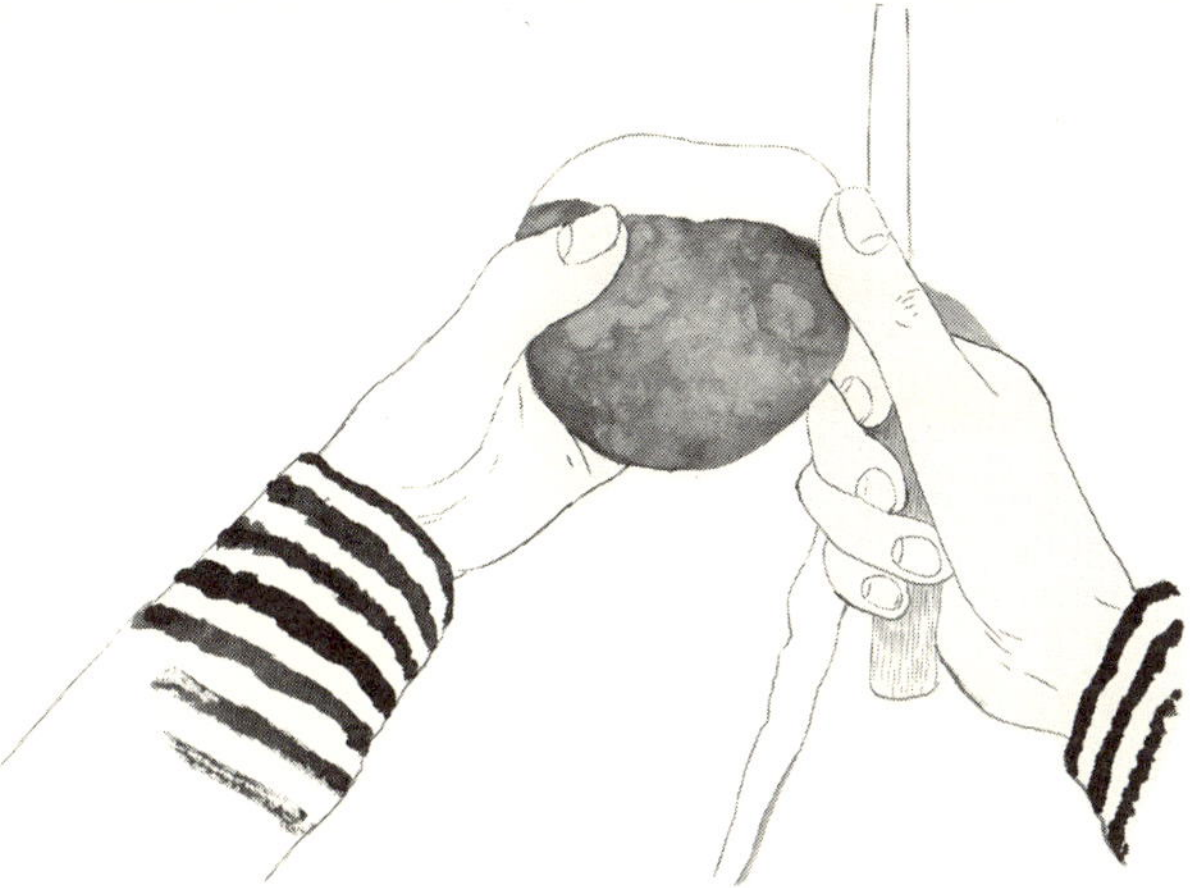

ふたつめのボールのようなことば。

ほとんどのよろこびも、たいていのかなしみも、
日常の顔をしてドアを開ける。
びっくりするのは、その後なのだ。

たしかに、どんな人だって、心のなかに、
たくさんのことばが詰まっている。
無口な人の心のなかも、実はことばで満たされている。

知っていることの少なさを、
恥ずかしがるのでもなく、
なにがわるい、と開き直るのでもなく、
まっすぐわかっているようになりたいと思います。
ほんとうに、まっすぐに、
知ってることの少なさを知ることができたら、
重いからだが宙に浮くくらい、軽くなれるでしょう。

手元にある木片とナイフで、神さまだって彫れるのだと。

読んでくれる人を、
先に信じることによってしか、
信じられることばは発せられない。
信じろとは言えないのだから、
信じるからはじめるしかない。

「そんなこと、できません」という場合は、
「そんなこと、できません」が、あなたの出発点です。

◆なにかを考えるための10カ条

ひとつのことを考えるとき、

1　そのことの隣りになにがあるか？
2　そのことのうしろ（過去）になにがあったか？
3　そのことの逆になにがあるか？
4　そのことの向かい側になにがあるか？
5　そのことの周囲になにがあるか？
6　そのことの裏になにがあるか？
7　それを発表したら、どういう声が聞こえてくるか？
8　そのことでなにか冗談は言えるか？
9　その敵はなにか？
10　要するに、それはなにか？

整理しきれない思いや考えは、未来のじぶんの素になる。

わたしは「いてもいいんだ」という肯定感。
わたしは「いたほうがいいんだ」という歓び。
それは、じぶんひとりでは確かめにくいものだ。
「いてもいいよ」「いたほうがいいよ」という、
声や視線が、「誇り」を育ててくれるかもしれない。
懸命に勉強をして、じぶんが「いてもいい」ことを、
なんとかじぶんで探しだすことも、ありそうだけれど、
ひとりでやるより、誰かに手伝ってもらったほうがいい。

毎日のように、何度でもトライできると思ったほうが、
のびのびと、じぶんのなかの新しい能力を発見できる。
だいたい、いま書いているこの文章だって、
これが最後だなんて思わないから、毎日書けているんだ。

嫌いな人の言う「いいこと」も、「いいこと」とわかりますように。

じぶんがじぶんに問いかけ、じぶんがじぶんを疑い、
じぶんがじぶんに教えられ、じぶんがじぶんをたしなめ、
じぶんがじぶんを励まし、じぶんがじぶんと交わる。
問答の材料は、他人から受取ってきたものもあるだろう。
聞きかじりも、読みたての知恵や知識もあるだろうが、
それを、ひとり、自己問答することで、
じぶんの考えが生まれてくる。

矛盾が矛盾のままであることも、いくらでもある。
解決や正解といったものから離れていってしまうことも、
いまはあえて棚上げにしていることもあるし、

さらなる熟成を待たねばならないこともある。
じぶんのこころのなかで、さんざんやりとりされる問答。
それが無言のうちにこころのなかで行われている。

自己問答があったか、つまり沈黙の時間はあったか。
そこを経ている考えかどうかで、ことばの根がわかる。
ぼくが、よく人のことばにうたれるときに、
「あの人、それについてさんざん考えてきたんだよ」
と思うことが多い。
たっぷりの沈黙を根に抱えていることばは、生きている。

『生まれたての人のように』

たとえば、じぶんがクルマだったとしたら、
走りたいと思うんだ。

速く、すっごいスピードで走りたい。
わぁっとみんなをびっくりさせるような速度で、
走り回りたいと思うんだ。

ずっと、どこまでも遠くまで走りたい。
ガソリンの最後の一滴がなくなっても、まだ、
走り続けていたいと思うんだ。

たくさんの人たちを乗せて運びたい。
憶えたての歌を歌うこどもたちとか、
何百人でも乗せて走りたいと思うんだ。

たとえば、じぶんが歌だったら、
じょうずでも、へたでもかまわないから、
みんなに歌ってもらいたいと思うんだ。

たとえば、じぶんが野うさぎだったら、
地面にいっぱい穴をほって、いっぱい逃げたり、
いっぱいはねたり、いっぱいこどももつくったり。

←

野うさぎっぽいこと、いっぱいしたいと思うんだ。

たとえば、じぶんが生まれたての人だったとしたら、
なにができるのかわからないままに、
できることを探したり増やしたりしながら、
なにかやらせて、なにかやらせてと動くんだろうな。

クルマでも、歌でも野うさぎでも人間でも、
できることはぜんぶやったなぁと感じるのが、
いちばんのあこがれだよなぁ。

このからだを、このこころを、この知恵を、

この思い出を、このいのちを、
まるまるまるまるごと使い切れたら最高だよな。
できるかもしれないことは、したい。
できることは、もっとじょうずになりたい。
生まれたての人のようにね。
生まれたての人だったとき、ものすごく生きたがってたね。

こころなんてものがあるから、めんどくさい。
みんなが、それで苦しんでじたばたしているのだが、
どんなにすかっとしたくても、割り切っちゃだめだ。
こころの面倒を、引き受けないと、いけないんだ。

「理解されっこない」ようなことに、
理解されるかもしれない「取っ手」を見つけて、
よその人に持たせてみる。

未知のもの、いま起こった出来事、新しい刺激に、
まずはじぶんの裸で出合うこと。

「どっちつかず」は、いけないこととされるけれど、
「どっちつかずじゃない」というのは、
判断をするほんの瞬間、のことなのではないでしょうか。
約束を守るとか、ひとつことをやり続けるとかは、
「どっちつかず」の人間にもできるんですよ。

「強み」は、かぎりなく「弱み」に近いですし、
「弱み」は、なにかのきっかけで「強み」に転換するものです。
ほんとうに「強み」をもっていて、わかっている人は、
その「強み」には、寿命がくるということを、
正しく怖れて、「別のところ」を鍛えているはずです。

じぶんのなかの、こどもと大人が、助け合って進むんだぜ。

ことばは、ものさしの役目もしますけれど、
ものさしではありません。
ことばは、位置を示してくれたりもするけれど、
地図ではありません。
ことばは、あいまいで、ゆたかで、ひきょうで、
ゆかいで、いいかげんで、きびしくて、おもしろい。
記号に似ているけれど、記号じゃないんです。

あらゆるものごとは生きもので、
遠くに見てるときと近くで見てるときは、
ちがうものにも見える。

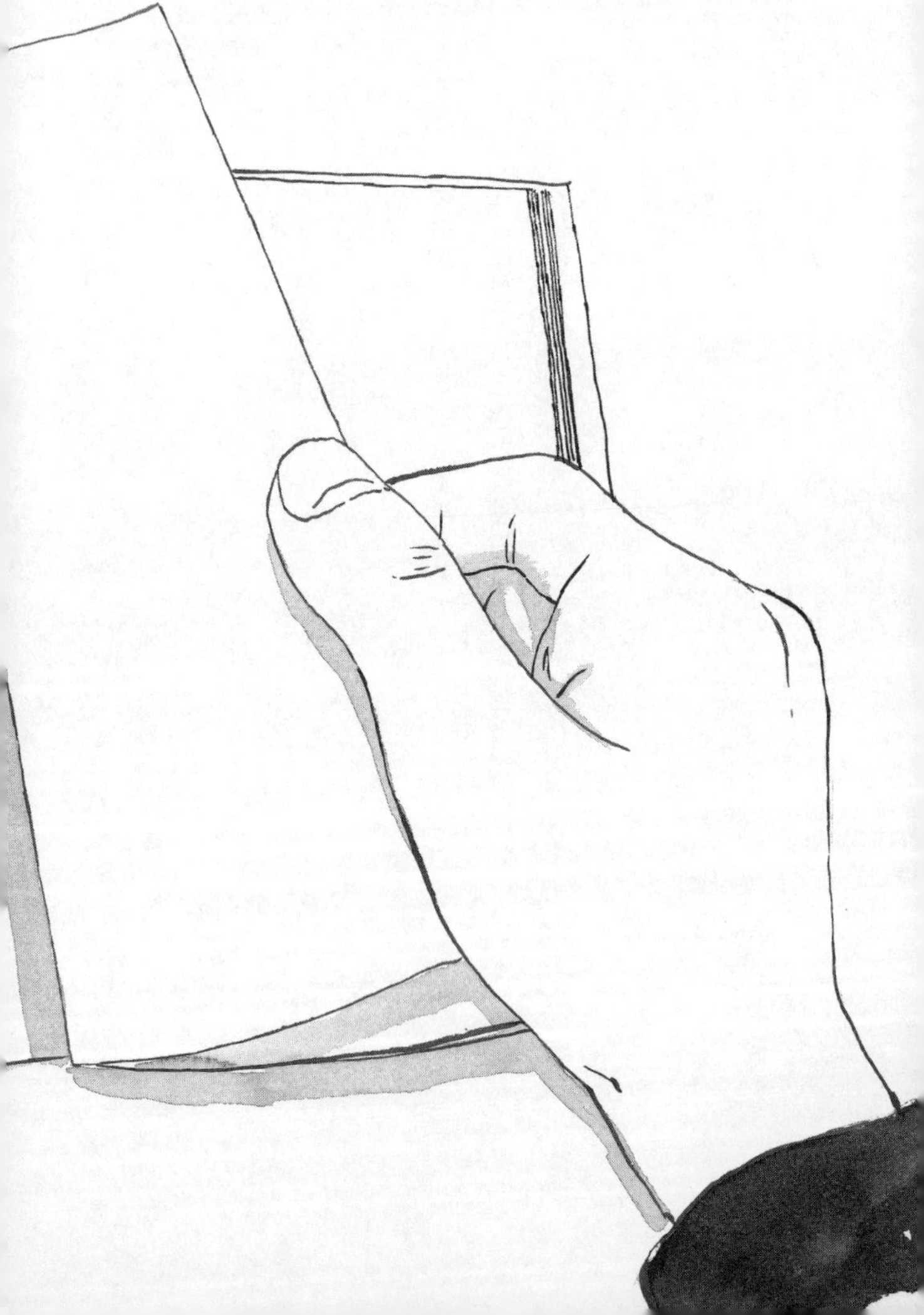

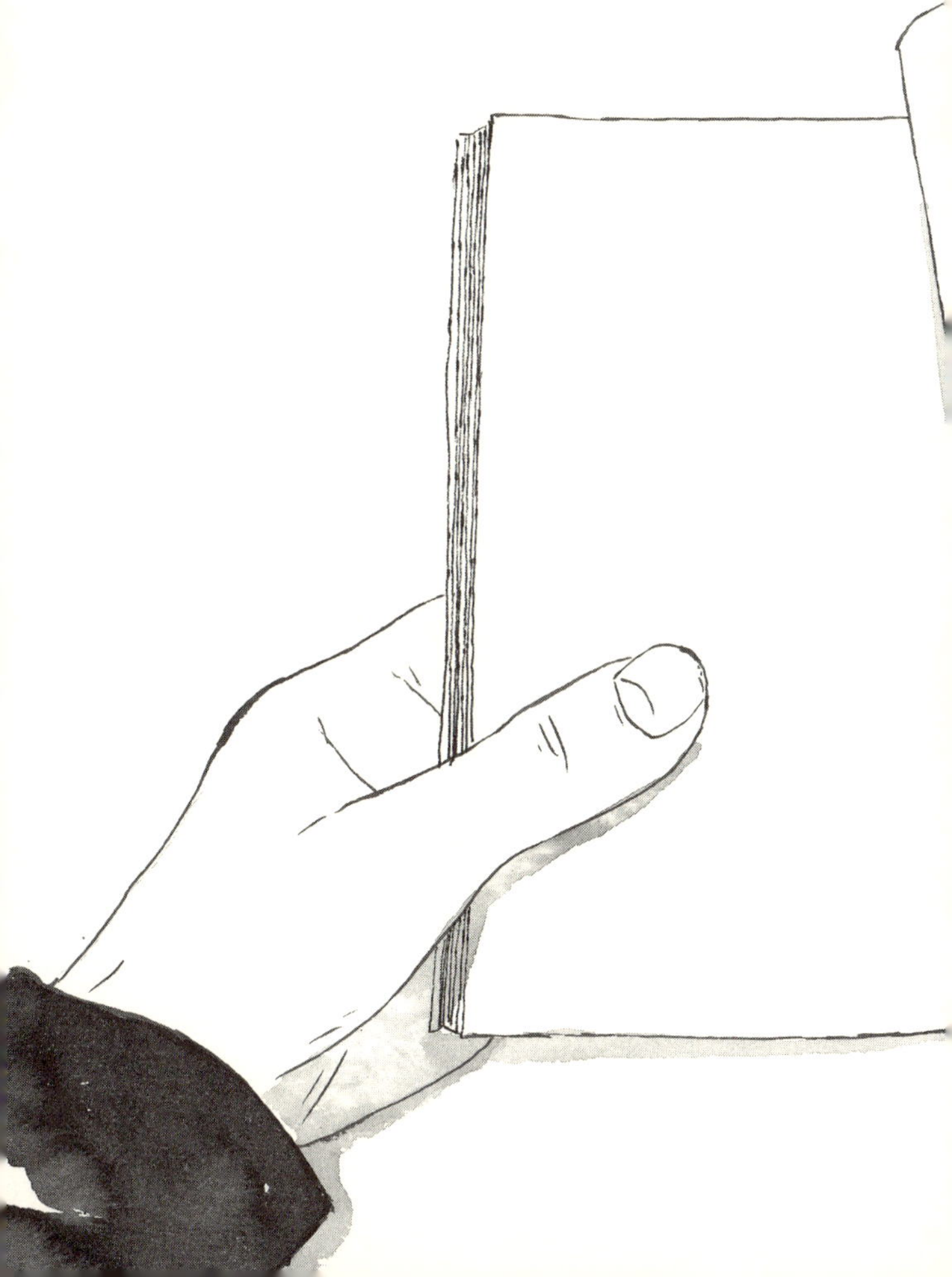

同じようなことを思ったとしても、
その同じようなことを、
もういちど、あらためて書いたほうがいい。

いちばん大事なことっていうのは、
基本的に「みんなが持てるもの」のなかにあるんだと、
ぼくは思っているんです。

最初に「うまくやらない」と決める。
（うまくできっこないのだから）

どれほど険しい崖をのぼるにしても、
「信頼」の手がかりになる突起は、
「正直」という材料でできています。

あらかじめおもしろいこと。そんなものないんです。
あるのかもしれないけれど、それにしたって、
苦しみや、緊張や、疲れとセットだったりします。
好きでたまらない彼や彼女とデートだとしても、
それはそれで、やっぱり「おもしろくする」ものです。
ただいっしょにいるだけでうれしい、としても、
それはそれで、たがいに、うれしくしているんですよね。

「ひとりでもやる」って開き直ると、別のひとりが集まってくる。

「好きになってもらう方法」について考えはじめたら、
それはもう、えんえん救われない道に迷いこむと思うんだ。

「悲しみ」を感じることは、どう言えばいいのかな、
幸福のひとつの要素なのかもしれません。
子どもを持って親になったとたんに、
子どものなかに「悲しみ」を見つけられるようになります。
そう、犬や猫のなかにも、「悲しみ」を見ます。
「かわいい」だけじゃなくなってしまうのです。
そんな困ったことになってからが、たのしいんですよね。

ものすごいものを見て、いったん落ちこむほうがいい。
たたきつけられたその地面の低さは、
すべての基準になれるから。

名付けようのない「胸をつきあげる」もの。
吐きたくなるような「疑問」。
いても立ってもいられない「好奇心」。
そういったものが遊びとして発散されていきます。
人間も仔犬も、同じです。
たっぷり遊んだものが、豊かさを得ることができる。
渇きと潤いの両方を知ることになる。

夜になると、
「じぶんにできることの少なさ」を、感じます。
これは無力感とはちがうのです。
浮かれとか酔いとかがすっかりなくなるのが、
ひとりになった夜の時間です。
そういうときには、
じぶんの身の丈がよくわかります。
そして、やろうとしていることの現実も、
原寸で見えるように思います。

あきらめずに前を向いているし、
少しずつ動いているのだけれど、
「できたらいいな」と思うことの多さにくらべて、
「できることは少ない」と知るんですよね。
だからといって、です。
「少なさ」をばかにしちゃあいけない。
そういうふうに、じぶんに言い聞かせます。

「おもしろい」とか「好きだ」とか
「うまい」とかいう感覚は、じぶんのものだ。
「おもしろい」「好きだ」「うまい」は、
じぶんで自由に決められるはずのものだ。
だって、感じるのだから、感じたのだから。
それが他の人びととおおいに違っていて、
笑われたなら笑われればよい。
同意を得たならば、それもそれでよい。
しかし、ほんとうに自由に、
それができている人は、あんまり多くない。

わたしが「おもしろい」と感じて、

あなたが「おもしろくない」と感じたとしたら、
それは、たがいに「そっか」と思えばいいことだ。

まわりが「おもしろい」と感じているかどうか、
「おもしろい」の賛成がどれだけあって、
それについての反対がどれだけあるかということと、
わたしが、あなたが、
「おもしろい」と感じたということには、
なんの関係もない。

感じたことを知ったのは、感じたあとなのだ。

←

わたしの「好きだ」は、誰にも奪われない。
あなたの「うまい」は、誰にも否定されない。
それは、わたしが、わたしであるということだ。
わたしの顔が、腕が、胸が、息が、
「ちがうよ」と言われることがないようにだ。

あなたの「好きだ」が、
わたしに大きな影響を与えてくれて、
わたしの「好きだ」が変化するかもしれない。
それはそれで、とても喜ばしいことだ。
わたしの「好きだ」が、あなたの「好きだ」に、
変化をもたらすことだって、きっとあるだろう。

なかなかそれも、楽しいことだ。
いま食ったうどんが、うまいかまずいか。
それを決めるくらいの自由は、捨てちゃいけない。

つるつるのピカピカの環境を前提にしてはいけない。
世界は、泥沼であり、砂漠であり、コンクリートである。

「失敗」を求めているはずはないのですが、
「失敗」をただ恐怖していたら、
なんつーか、「悪い運命の思うつぼ」です。

「ともだちが困ったとき、力になるために」

というのが、勉強をする理由かもしれない。

そんなふうに考えたことがあった。

じぶんのこどもが、小学校に入るころに、
そのことを考えざるを得なかったから、考えた。

なんで勉強するの？
というのは、こどものころからわからないままだった。
いろんな人が教えてくれようとしたけれど、
なんだか、ほんとにそうだなと思えないままだった。

いまでも、正解がこれなのかはわからないけれど、
「だれかの力になりたいと思ったときに、
じぶんに力がなかったら、とても残念だろう？」
ということは、いまでも思う。

じぶんに、いま力がないと思ったときにも、
だれかのために出す力は、ちょっと残っていたりする。
そして、力って、使うほどついていくものだ。
「だれかの力になりたい」というのは、
本能に近いようなことなんじゃないかと思う。

強い人というのは、ただ単純に、
力をたくさん持っている人というだけでなく、
じぶんの力をよく知っている人だという気がします。

おそらく「集中して死ぬほど考える」ということよりも、
「しっかり感じる、そして毎日やすみなく考える」ことのほうが、
難しい問題を解決に近づけてくれる。

男は、ただひたすらに男なのか。
女は、まるまるぜんぶ女なのか。
そんなこと、あるはずがないわけだ。
男のなかに女はいるし、女のなかに男がいる。

「集中しろ」と言うことがある。
「リラックスしろ」とも言われるだろう。
集中をするということのなかに、
リラックスは含まれているし、
リラックスできるから集中はできるはずなんだ。

大人であることと、子どもであることも、

どちらかだけなんてことは、ありえない。
矛盾？　してないよ。
たくさんの人びとが、どっちかに偏りすぎなんだよ。

正しいことのなかに、よくないことは含まれてるし、
よくないことのなかにも、正しいことは見つかるだろう。
昔はよかった、いまはすばらしい……両方だよ！

「両方だよ！」と、思い出すこと。
どっちかだけだと思おうとするから、不自由になる。

基本的に人と人って、同じところのほうが多いみたいです。
ちがいって、ちょっとなんだなぁ。
そのちょっとのちがいが、人の個性ってもので、
そういうところを尊重し合うと、いろいろおもしろいね。

公園のベンチの人のように、隣り合わせに座って、
ちょっと遠くに目をやりながら、
「こういうのはどうだろう」と話を続けるような方法。

じぶんがカッパだとしたらさ、
川のほとりにしゃがみこんで、なにを待つと思う？
カッパだよ。
じぶん以外のカッパを待つと思うよ、さみしいからね。

夢は、ほらに似ていて。
ほらは、うそに似ていて。
うそは、悲しみに似ていて。
悲しみは、夢に似ている。
どれも、ぜんぶちがうはずなのに。

はじまりの用意は、はじまりじゃないですからね。
はじまりの用意ばかりしていると、
はじまらないくせがついてしまいます。

どれほどおおぜいの力が要ることだって、
最初の「わたし」がいなかったら、
そして、その「わたし」があきらめてしまったら、
きっとうまくいかないだろうと思うんです。
ひとりじゃなにもできない。
でも、ひとりがいなきゃ、なにもできない。
「わたしだけ」じゃなにもできない。
でも、「たったひとりのわたし」がいなきゃ
やっぱりなにもできない。

「『頼まれた仕事』は、じぶんのほうから
『頼んだ仕事』に変換できたら引き受ける。」
この原則は、ほんとにいいものです。
ただ、「頼んだ仕事」であるだけに、責任は何倍にもなります。

窓の外をぼんやり眺めながら、
「なんか書くことないものかなぁ」と、
書くことがやってくるのを待っていました。
それは雨ごいのようでもありました。
でも、それは「来ない」。
だって、じぶんがじぶんの手で書くものなんだから。
待ってなければ、「来る」ことはあるんですけどね。
待ってるところには、「来ない」です。

なにかをスタートしたいとき、
「わかってからはじめたい」という欲望は、
もう、病気みたいなものかもしれません。

ほんとはね、
楽典を習わなくてもギターを弾いたり、
音楽をつくったり歌ったりすることはできます。
水泳の教則本を読んでなくても、泳ぎはじめられます。
初対面の人のことを調べなくても、友だちになれます。

よっぽど他人に迷惑をかけるかもしれないとか、
危険なことでもないかぎり、
「よくわからないうちに、はじめていました」
と、可塑的につくりあげていくことって、
いくらでもあるはずだと思うんですよね。

泳ぎたかったら、本屋に行くのではなく、海に行け。
おもしろいことを思いついたら、近所のバカに語れ。
「いいぞいいぞ」という声が聞こえたら、そのまま行け!

濃く本気なものが薄い興味の人たちにも支持されたら勝ち。

緊張感をともなう打席に立つ回数が、
どれほど大事であることか。
とにかく、逃げないで思いっきり振る。
その蓄積というのは、誤解をおそれずに言えば、
「凡人を天才に変える」くらいすごいものです。
早熟な人が、よく天才にまちがわれますが、
ほんとうにすごいのは、
天才のようになった凡人だと思うんです。

「ひとりじゃできないこと」と
「ひとりでもできること」があってさ。
「ひとりじゃできないこと」を求めつづけて、
「ひとりでもできること」をぜんぜんしてない
なんてことになっちゃうと、ばからしいよね。

じぶんはどうあるべきか、
じぶんに足りないところはどこか、
じぶんの道はこれでいいのか？
そういうことを考えることは、悪いことじゃない。
だけど、目がじぶんに向いているうちは、
ふらふらと不安定でしかいられないんだよなぁ。
目をじぶんから離さないと、力は出せない。

人は、早く本文が読みたいのです。
なのに、わたしたちは、
なにか言い訳をしながらなにかをはじめたりします。
ここんところを改良するだけでも、
「本文」にあたるものが、ぐーんと成長します。

やがて壊すための、しっかりした枠組み。

あなたという人の考えは、
あなたという「リーダー」が決めるものです。
あなたは手錠をかけられて
無理やりにそれに従わせられるわけではない。
誰かのせいにしてる人も、
誰かを責めてばかりいる人も、
その人というリーダーの資質なのです。

いまがっくりすることは、過去にやったことのせい。
いまよろこんでいるのは、過去にやったことのおかげ。

弱い側ほど、正々堂々をやらなきゃだめだよ。
そんなんじゃ勝てない、と思っちゃいけない。
ほんとうの力になるためには、
戦い方がきれいだということは、
勝つより大事なことだと思うんだ。

「不言実行」寄りの姿勢で「有言実行」するのが、
いちばん大人っぽくて、かっこいいんだよなぁ。

なにかを思い立ったとき、
じぶん以外の「もうひとり」に言ってみる。
「もうひとり」に出合うということが、
とても大事なんだ。
「もうひとり」という他人は、たったひとりだけれど、
「おおぜいのいる社会」の一例ですからね。

考えを育てたり深めたりすることには、
じっくりと静かに「自問自答」することが大事で、

考えを機能させたり実用に使うときには、
じぶん以外の「もうひとり」に向けて、
手を伸ばすことが大事なんです。
「じぶん＋もうひとり」は、最低人数の組織です。

アイディアやら、決意やらを、
じぶん以外の人に話してみるということ。
じぶん以外に、それを聞いてくれる人がいること。
それって、ものすごく大事なことだと思うのです。

「らくそうでいいな」とはじめたことでも、
だんだんやってるうちに、ものすごくらくじゃないことに気づく。
そして「らくじゃないけど、やめられない」と進む人と、
「らくじゃないからやめたい」と思う人に分かれる。
遊びでも仕事でも、そうです。

向こう岸に渡りたいというイメージがあるからこそ、
舟をつくるための木を集められるわけでしょう。
向こう岸の景色がたのしみにできると、
地味な仕事のひとつひとつが、おもしろいんですよね。

「ものごと」をつくっているときに、
よく陥ってしまいがちなのは、
「やりくり」が仕事だ、と思いこんでしまうことだ。

「やりくり」するのは、なかなか大変ですよ。
だけど、「やりくり」は、
価値やら魅力やらをつくるわけじゃないんだよね。
「それいいね!」って人がよろこんでくれるのは、
価値や魅力があるからなんだ。

「いやぁ、よくやりくりができているから、いいね」
ということは、ほとんどないと思ったほうがいい。

やっぱり、「すてき」ってことが、稼いでくれるんだ。
「やりくり」の仕事も、もちろんあるんだけど、
「やりくり」そのものが価値だと思ったり、
仕事なんだと思わないほうがいいよね。
あちこち見渡してごらんよ、やりくりの結果が、
街に（そして倉庫に）あふれ返っているから。

まとめて実行しやすくするのも大事なのですが、
「おもしろい」という要素は、
早めにまとめはじめると蒸発してしまいます。

プロは、じぶんのつくっているものについての
「おもしろくない」「おいしくない」「かっこよくない」が
わからなくてはいけない。
そのうえで、それを承知で発表するという判断もある。

ひとりで考えていても、おおぜいで考えていても、
「いいこと考えた！」がないと、
広がったり転がったりしないんです。
「いいこと考えた！」は、
奇をてらっているのとはちがいます。
変わったことを言ってやろうというような意図は、
周りにも、じぶんの心にもバレちゃうものです。
「いいこと考えた！」は、あんがい受け身だったりして、
苦し紛れに出てくることもあるし、
逃げ道を探してて見えてくることもあります。
でも、それなりに自然体なのです。

どうやったら「いいこと考えた！」が見つかるか。
はっきりとした「方法」は、
「いいこと」じゃないことを考えたときに、
「そんなんじゃない」と、ちゃんと捨てることです。
アイディアは、真剣に考えていれば、いつかは出てくる。
でも、アイディアと言えないもので間に合わせていると、
もう生まれられなくなってしまうんですよね。
以上、もちろんじぶん自身に言っておりますが、
「いいこと考えた！」と言えるのは、
「いいこと考えた」ときだけです。

ぎゅっと集中も大事でしょうが、ぼわっと漠然も大事だぜ。

「前々から、漠然と思っていたんだけれど、
その日のテーマでもないと思って、話さなかった」
というようなことを、
それこそ、漠然と話すのがいいんですよね。

すっすっすっと流星群のように、
「いい考え」が降ってくるときがあるんです。

考えても考えても、「いい考え」にはならない。
「感じる」ことができたら、「いい考え」が生まれる。
「気持ちいい」でも「不自由だ」でも「めずらしい」でも
「うれしい」でも「きれいだなぁ」でも、
そういう「感じ」が、ものすごく小さな、
ピンポイントの枝の先に止まってることがあるんです。
大きい「感じ」や、経験済みの「感じ」や、

みんながよく語る「感じ」の他に、
「んっ」って思う「感じ」を、感じられたら、
それはもう「はだかの赤んぼう」のような
「いい考え」なんです。

散歩したり、お風呂に入ったり、新しい仲間に会ったり、
旅に出たり、すっごく困ったりすると、
「感じ」が見つかりやすくなるんですよね。

"Don't Think. Feel!"

たいていのあなたは、「じぶん」を過大評価してます。
他の人たちに見えているあなたの「じぶん」さんは、
そこまでたいした人間ではないみたいですよ。
そして、もうひとつ、前のことと逆なんですが、
あなたは、その「じぶん」さんのことを、
やや過小評価してしまうことも、よくありますね。
みんなは、もうちょっと期待しているようですよ。

冒険的にスタートしても慎重に終われ。

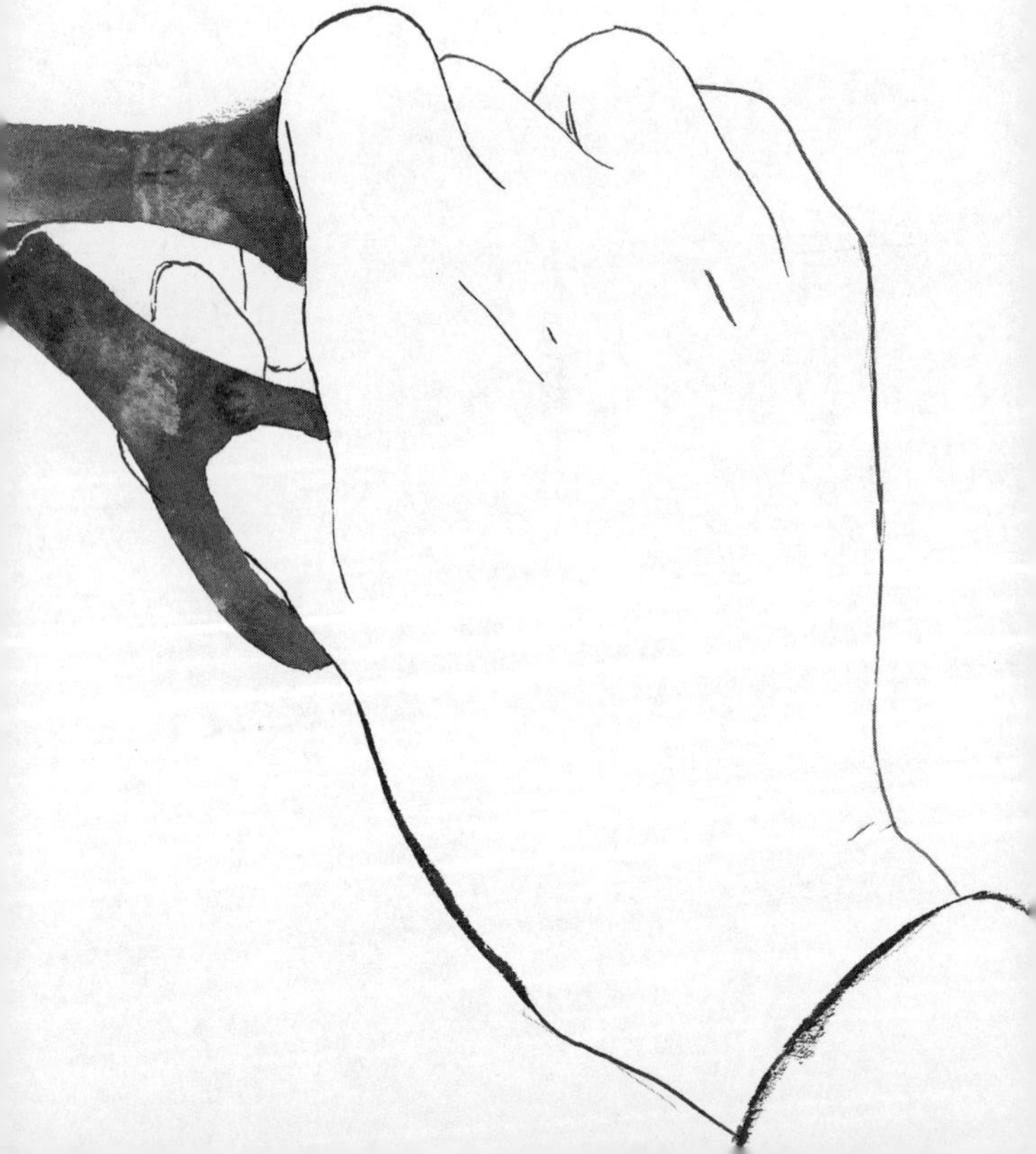

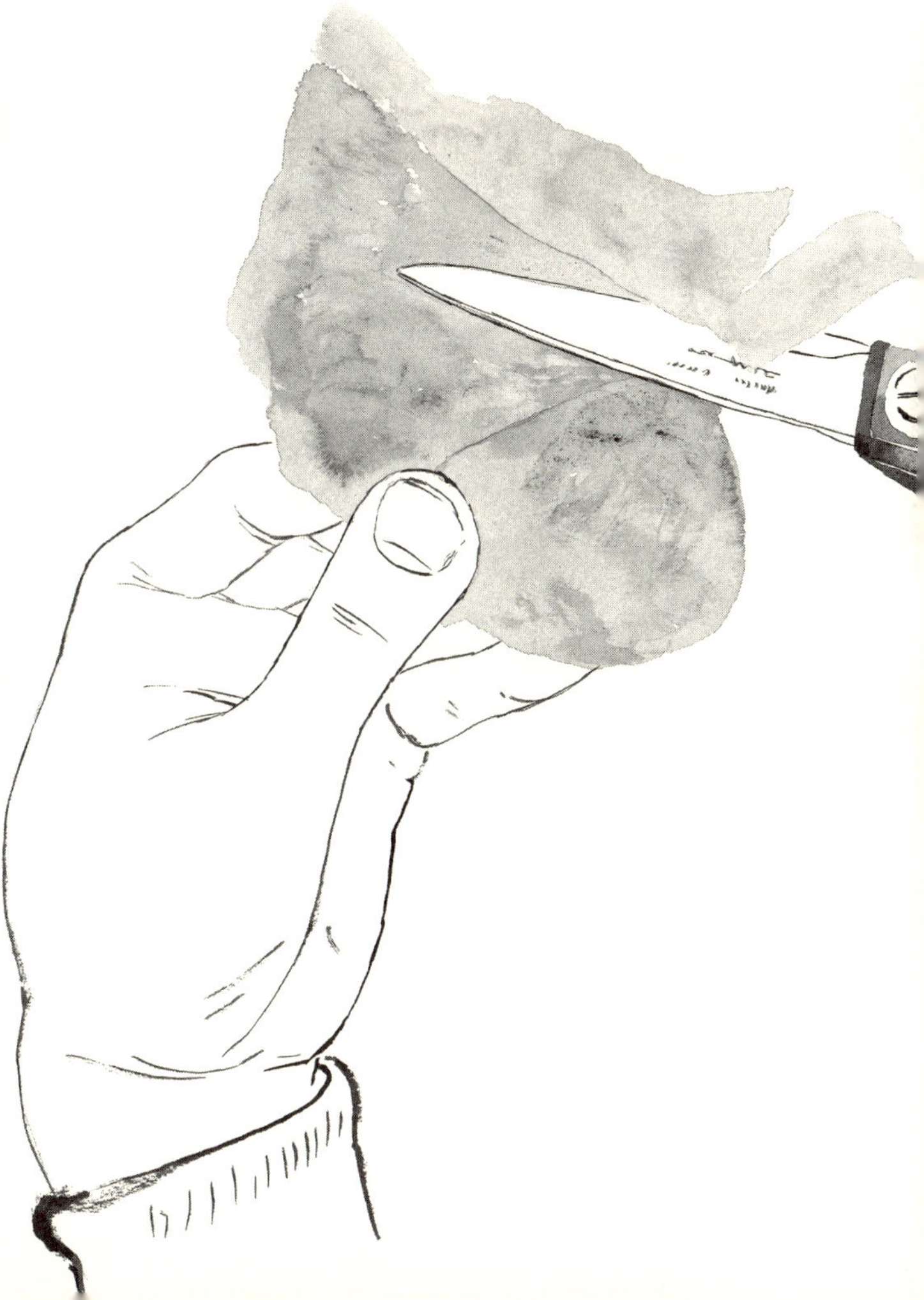

きれいな女性と言われる人は、まずは姿勢がきれいです。
どんな美容法より効果的で、しかも無料です。

お世辞も含めて、面と向かって人にほめられたとき、
どういう返事をしていいか、定型文ってなかったよね。
それ、今日つくったよ。

「ありがとうございます。
（そのおことばを）励みにします（にこっ）」だ。

さみしいとか、悲しいとか、不安だとか
暗めの気分から脱けだしたいときに。
胸の上のあたり、
つまりUネックやVネックのシャツで肌が見えてるところを、
温かい手か、蒸しタオルとか
使い捨てカイロなんかで温めてやるといい。
これ、経験的に、そうなの。根拠は知らない。

基本的に、「求めるものは2番目に置け」なんだよ。

なにかはできてて、なにかはできてない。
それが当たり前のことだと、ちゃんと思ったほうがいい。
「なんでもしっかりできてる男性や女性」が、
どこかにいるとしても、それは、みんな、忘れていいよ。

「気合い」って、あるよ、絶対。
なかったら、雨だれほどのしずくから、
ぽたぽたと溜めていくしかない。
「気合い」は、分量が必要だからね。

サイコロ振るときに「1が出ませんように」というふうに、
起こってほしくないことを強く念じるのはダメだよ。

あらゆることについてしゃべるのは、へんだ。
まったく興味がないということもある。
嫌いだし考えたくもないということもある。
よく知らないので語れないということもある。
なんについてでも語るというのは、逆におかしい。
語れぬことがあり、黙っていることがあるのは
あたりまえのことだ。

中学生くらいのときだったっけなぁ。
学校の成績が気持ちよく下がっていたときに、
父が、ぼんやりした口調で言いました。
「馬を水のところに連れてっても、
のどが渇いてなきゃ飲まないからなぁ」と。
中学生のぼくは、「そう。その通りだ」と思いました。

そうだ、ぼくは勉強したいと思わないんだから、
勉強することはないだろう。
まるで他人事のように、納得していました。
なんだか、ほんとのことを聞いちゃったような気がして、
ある意味、さみしいような気持ちにもなりました。

「勉強しろ勉強しろ」と言われるほうが、
かまってもらえているように思えたりもしました。
あきらめられてるのか、
いつかくる日が待たれているのか、
どっちだったのか、いまだにわかりません。

でも、それから、ぼくは勉強はしなかったけれど、
知りたいことを知ろうとすることはあったし、
知ることへの興味も失いはしなかったと思います。
「勉強じゃなく、仕事」になってからは、
ぼくという馬でさえ、よくのどが渇きました。
水をごくごく飲んでいることも多いです。

←

でも、いまも、勉強しているような気はしていません。

父の、ぼくへの教育は、うまくいったのでしょうか。
それとも、失敗したんでしょうか。
ぼくには、いまだにわかりません。
ただ、「勉強しろ」にしても「仕事しろ」にしても、
似たようなところがあるなぁと思うんです。
それが、「したいこと」になったら、
「やめろ」と言われてもしちゃうんですよね。
それが、つらかろうが、危なかろうが、苦しかろうが、
やっちゃうものなんだよなぁ。
そういうことだけは、感じています。

こんな話を、父が生きているうちに、
ちょっとでもしてみたらよかったのにねぇ。

最初にナマコを食べた人間はえらいとか言われるけれど、
ぼくが思うには、大昔、
人間はナマコであろうがウニであろうが、
食べられるものなら食べていたんじゃないか。
あえて、この話をまっすぐに直すなら、
いつごろから、人間はナマコだとかウニだとかを
「きもちわるい」と感じるようになったのか、だ。

ぼくは、オーラ出てる人って、ひとりも会ったことないなぁ。

『ばらばら』

ばらばらな知恵と
ばらばらな知識を
ばらばらに組み合わせることによって
ばらばらな自由と
ばらばらな不安を手に入れ、
つまりばらばらな生存をやっていくものである。

ばらばらな時間と
ばらばらな場所にいて

ばらばらな人たちと
ばらばらに出合うことによって
ばらばらなできごとを生み出し
ばらばらな思い出をつくり
ばらばらに息絶えるものである。

ばらばらでいいのだ。
ばらばらが出合うのだ。
ばらばらが編まれるだけだ。
ばらばらになれ。
ばらばらにしよう。
ばらばらにもどれることが大切だ。

かつて、谷川俊太郎さんは
「谷川さん、孤独なんですか?」と訊かれて、
「だって、孤独は前提でしょ」と言いましたっけ。

明石家さんまさんの新弟子時代、掃除をしていたところに
笑福亭松之助師匠が「掃除はおもろいか？」と訊いた。
さんまさんは「おもろないです」と答えたそうです。
そしたら、松之助師匠は
「そうやろ。そやから、おもろぅするんや」と言ったと。
この逸話、ぼくは大好きなんです。

「ぼくには、とりたてて不幸がない」

ということを、じぶんの弱みだと思ってる時代があった。

平板で、山も谷もなく、危険もなく、劇的でないのだ。

そのことに耐えられないとか、思っていた。

いや、正直にいえば、それをテーマとして発見していた。

つまり、テーマなんか持ってない不安が、テーマだ。

そういうことを、漠然と考えていた時代があった。

誰のことでもない、ぼく自身のことだ。

いま、そのころのじぶんに会ったとする。

そしたら、ぼくはなにを言うだろうか。

「めんどくさいやつだ、でもじぶんだからしかたない」

そういう思いから、はじまるのかな。

「じぶんでやったことが、なにもないんだから、
なにもないと感じるのは、あたりまえのことだよ」
と、ほんとうのことを言ってやっても、
理解してもらえないような気がする。
「ふつうで平凡なりに、なにがやりたいの?」
と質問しても、ごちゃごちゃ理屈を言いそうだ。
ああ、じぶんのことながら腹が立つけれど、我慢する。

「どうやって、食っていく?」

そこからしかはじまらないような気がする。

あるいは、家族を「どうやって食わせていく?」

若いぼくからしたら、いちばんいやな質問だろうな。

美意識って、
「考え抜いた結果に得たもの」じゃないですよね。
そこが、飛び抜けた価値を感じさせるんだよな。

「ありがとう」は、親しい者にも言えます。
「ありがとう」は、親しくない者にでも言えます。
「ありがとう」は、それどころか、敵にさえも言えます。
そして、その「ありがとう」は、
親しい者も、親しくない者も、敵も受け取れます。

受け取る「ありがとう」が欠乏すると、
生きる張り合いが減っていくんじゃないでしょうか。
そして、差し出す「ありがとう」がなくなると、
不機嫌が増加していくような気もします。

なんだろう、この魔法のようなことばは。
人間のこころの栄養素みたいですね。

『生きている人は』

いいことを教えてやろうか。
いつだって、おれは負けそうなのだ。
安心させてやるよ。
おれは、いつだって壊れそうだ。
もろく崩れそうだ。

いいことを言ってあげようか。
いつだって、おまえとおれは同じなのだ。
おまえの目玉は、おれの目玉だ。

おまえも、いつでもゆらゆら倒れそうだ。
どこかへ消えていきそうだ。

ただ、それがいやなんだ。
負けそうなのは、うれしくないんだ。
崩れそうなのが、嫌いなんだ。
だから、踏んばってるだけだ。
好きなら、とっくに倒れているさ。

踵から滑り落ちながら、
どうすればいいのかを考えている。

←

←

全身がばらばらになるのを見つめながら、
冗談じゃねぇぞと踏んばっている。

そうやってきただけだ。
すべての生きているものは、
そんなふうにしてきただけだ。

だれでも、いつでも、負けそうなのだ。
重力にも風力にも、潮流にも波浪にも、
耐えられぬような壊れものなのだ。
なのに生きているのは、

おいおい、そんなことはいやだと、
強く思っているからだ。

おれが負けないのは、おれが死なないのは、
おまえが壊れないのは、おまえが消えないのは、
ただ、それだけの理由だ。
くっそうと思う気持ちが、あるから、だけだ。

補助線を引くこともできず、
暗闇のような問題の前で立ち往生している時間。
やがて、ことばにもならない答えが
あかりのように見えてきて、消える。
わぁと、うれしい気持ちが残る。
ことばが追いつくのは、ずっとあとのことだ。

いま「仮縫い」みたいにピンを打っている考えは、
こういうものなんです。

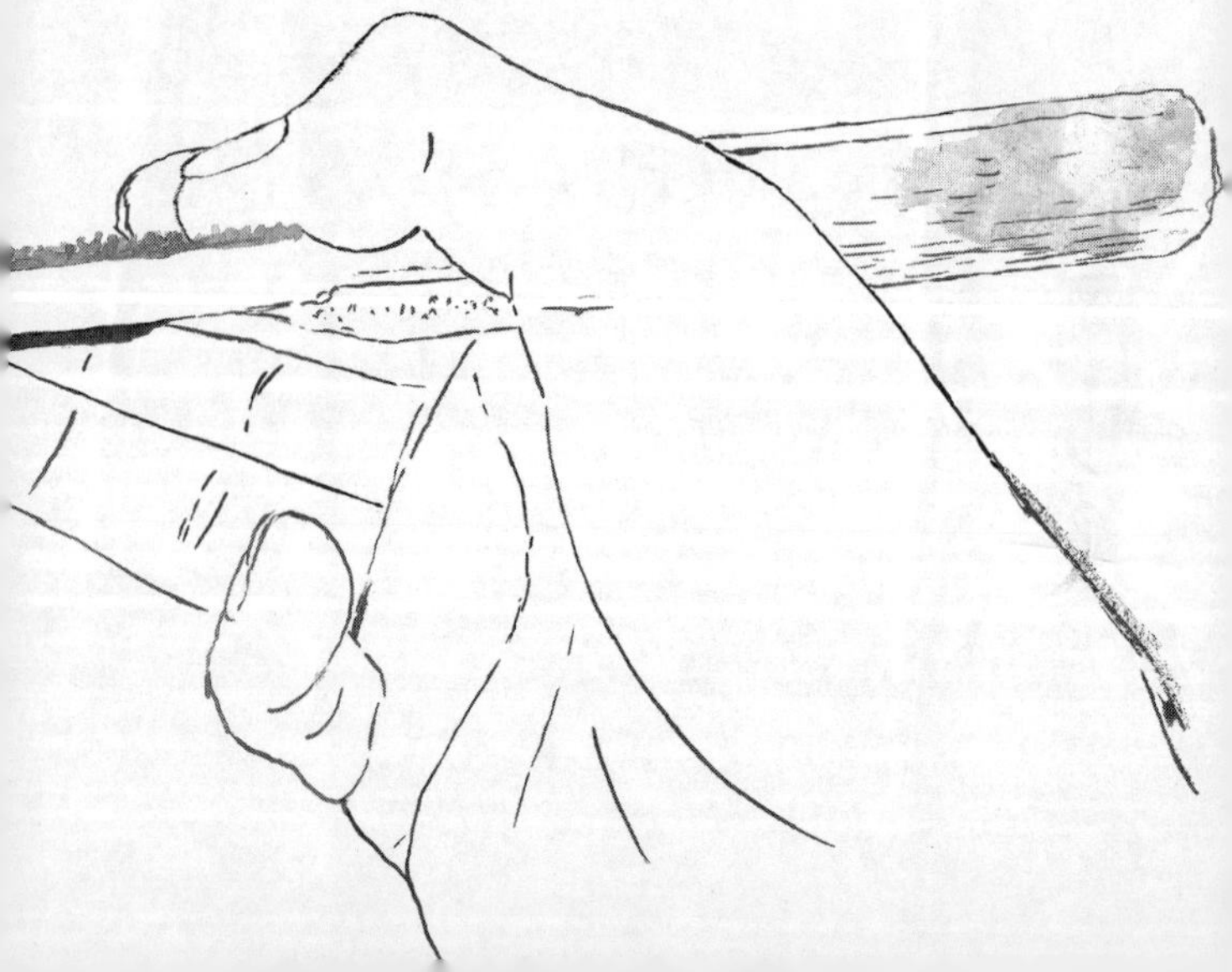

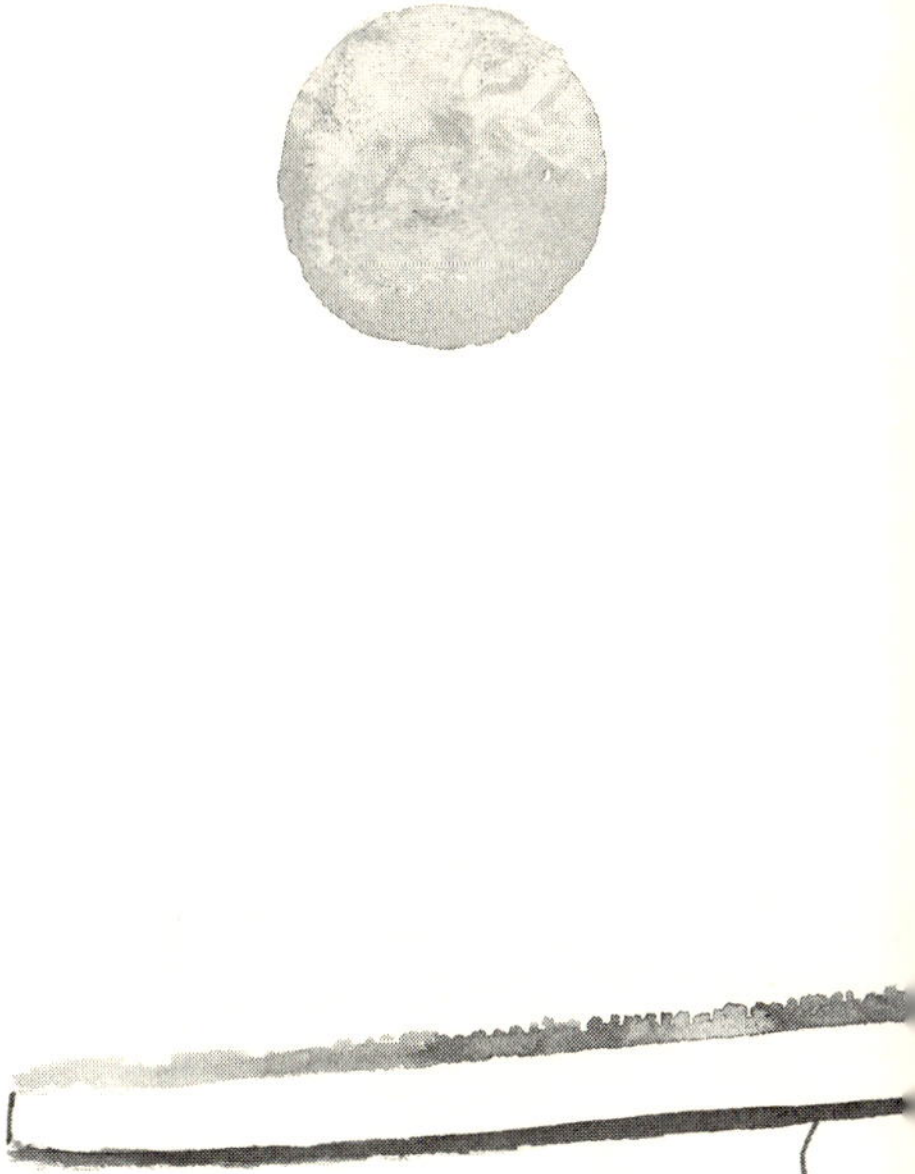

たのしい、おもしろい、うれしい。
そして、まだ名付けられていない肯定的な感情。

「沈黙」は、時には、
どんなことばよりも大きなよろこびを表わすし、
どんなことばより激しい怒りや軽蔑をも表現します。
沈黙は最大にして最後の、弱いものにも使える武器です。
こどもでも、犬でも猫でもね。

銃を撃つときの、反作用の衝撃がもっと強く感じられたら、
人は引鉄を引くことを躊躇するのだろうか。
それとも勇気を誇示するかのように乱射するのか。
いや、ことばのはなしです。

世界が意味で満ちていると思うのは、錯覚ですよ。

好奇心というのは、好奇心がむずむずしているときが、
いちばんおもしろいんですよね。
ただの正解が知りたいという欲望というよりは、
正解というご本尊を拝観する前に、
山道の参道を歩いているのがたのしいんです。
それが好奇心というものなんだと思います。

ある選手をいいなぁと思ってるのは、別の選手なんだよね。

「わからないままのこと」は、
わからないままですと言い、
「少しわかったかもしれないこと」について、
どう表現しようかと汗をかく。

とても「こどもっぽい感覚」と、
とても「おとなっぽい判断」との
交差点にいようと思ってる。
ぼくはまるっきりのこどもじゃないし、
そこまでおとなにはなれない。

こっち側を疑う、あっち側を想像する。そうありたいです。

「ほめる人」という産婆のような役割がある。
「ほめる人」はほめることにけちであってはいけない。
「ほめる人」は、おもしろさや才能について、
うそやお世辞を言ってはいけない。

ちょっとおしゃれをすることだとか、
しょうもないことで笑うことだとか、
誰かに知られちゃ困るような気持ちを持つことだとか、
大事なはずの時間をむだに使うことだとか、
後回しにされてしまうことのなかにこそ、
人間がとても愛してきた「生きること」の
エッセンスが入っているように思います。

上機嫌というのは、ある意味、最大の美徳じゃないかなぁ。

後から参入する者に、場所なんか空いてないのだ。
空いているとしても、最悪の場所だけだ。
前々からそれをやっている者が、
めんどくさいから手を付けてない場所が、少しだ。
それが、いつも当たり前のことだ。

新しいなにかが生まれるのは、
場所なんかもらえなかった者たちが、
苦しまぎれに、「これしかない」とやったことからだ。
鉄道をひけなくても、自動車があった。
映画をつくれなくても、テレビがあった。
大きな舞台はなくても、小劇場があった。

大きな同業者組合ができているようなところに、
新しく参入することを歓迎してもらえるのは、
「これまでの権利を脅かさないやつ」だけかもしれない。

場所なんか空いてると思わないほうがいいのだ。
居心地の悪い、座ればけつの痛くなるような荒地だけが、
新しい人びとがスタートを切れる場所だ。
おそらく、道具も揃っちゃいないし、
誰もが認めるすばらしい人なんか集まることもない。
しかし、そこが、場所なのだ。

若い人に言うことは、じぶんに言うことでもある。

←

あなたにも、ぼくにも、
用意された場所はなかったはずだし、
周到に計画された図面なんてものもなかったと思うのだ。
次の時代は、いつでも、
場所なんかなかった者たちの場所からはじまっている。
道具がなければ、じぶんでつくる。
人手が足りなければ、寝ないでもがんばる。
そういう古臭い冒険心みたいなものが、肝心なのだ。

「どこにも場所が空いてない」ということは、
いつも、新しいなにかの出発であった。

「たいしたことない」ことは、なかなかたいしたことだぜ。

共感して、うれしい。合奏して、楽しい。
理解しあえて、うれし泣きする。離れ離れで、さみしい。
人間という「群れのどうぶつ」は、
「群れ」であることを確かめては、
また「ひとり」に戻る自由を求めるという、
振り子のような動きを繰り返しています。
「群れ」であることを、よくわかっていられたら、
「ひとり」で走ることにも耐えられるってことですよね。
あらためて、「Only is not Lonely」を、思いだします。

いつごろからか「終わりのはじまり」という言い方が流行していた。
ことばとしては、ずいぶんかっこいいのだけれど、
そんな覚悟はしたくない。
終わりこそはじまりの母だ。
ぼくは、「はじまりを、はじめよう。」と言っていく。

わからなくなったら、口角をあげろ。

「してもらって、うれしかったことをしたい。
されてイヤだったことは、したくない。」
そんな簡単なことを思うだけで、
なんともイヤな「伝統」は、断ち切れるのにねぇ。

だれにでも通じることばというものを、ぼくは持っていない。
通じるひとに通じさせるようにするのが、せいいっぱいだ。

北へ向かって歩きながら、
南に行きたいと言っているようなことは、
ほんとうによくある。

じぶんと他人を、がんじがらめにしばっている呪い。
おたがいを監視しあって解けないように気をつけている。
呪いのほとんどは、ありもしない。
あるような気がするというだけで、
もうそれは呪いになっている。

ぼくは「自由」を大事にしていきたい。
「自由」についての討論がしたいわけじゃないんです。

じぶんと意見のちがった人を攻撃するよりは、
じぶんの「基準」を示すほうが建設的だと思う。

「変わらないつもり」の人を、変わらせることは、
ぼくは、ほぼあきらめることにしています。
できることなら、あらゆる人が
「じぶんって変わるものだ」と思っててくれたらなぁ。
「変わる」ことを怖れない人どうしだったら、
人に会うことは、たいていたのしいと思うんです。

「じゃあお前がやってみろ！」は言わないが、
「じゃあお前は何をやってるんだ？」は言う。

「そんなものに、どうして腹を立てるのか？」

誰の名言でもありません。
ある日、ぼく自身がふと思ってメモしたことです。
忘れないようにしようと、いい場所に移動させたのです。

腹を立てると、じぶんの時間全体が汚れたように、
どんよりとしてきます。いやなものです。
いやだなぁと思いつつ、気がついたんです。
じぶんの意見と異なるものに腹が立つのではない。

あきれるほど汚いとか、ずるいとか、卑怯だとか、
相手にしたくないものに対して腹が立っているのです。
ちゃんとした敵よりも、そっちのほうが腹が立つ。
そういう傾向がわかったのでした。

「そんなものに、どうして腹を立てるのか？」

ほんとは無視をしておけばいいものに、
じぶんの時間を費やすのは、なによりもったいない。
このことを、これからも忘れないようにします。

倫理や高潔に期待するものは、
たいてい知恵と寛容を忘れている。

ぼくは、じぶんが参考にする意見としては、
「よりスキャンダラスでないほう」を選びます。
「より脅かしてないほう」を選びます。
「より正義を語らないほう」を選びます。
「より失礼でないほう」を選びます。
そして、「よりユーモアのあるほう」を選びます。

深い悲しみや恐怖や、強い刺激に、
人間のこころは、とらわれやすいんですよね。
ほっとくと、暗いところばかりに目が行くし、
そのほうが、ちゃんとしているような気になりやすい。
だけど、洞窟の闇のなかにいようが、
射してくる光を見つけないと脱出できない。
その光の穴から、空気も、希望も出入りするんです。

暗闇なんかない、「想像力」があれば。

「絶望は愚者の結論である。」とかいう
「名言」だって知っているけれど、
ぼくらは、いつでも「希望」を手放しやすいものだ。
その「希望」の手を放してしまうことの快感さえも、
ぼくらは経験してもいる。

「絶望」って、たぶん、一時的な解放感があって、
気持ちがいいように感じられるものなんだよね。
「八方ふさがり」について口角泡を飛ばして語り合い、
怒りにまかせて何かを壊してみたり、

他人の小さな「希望」の小ささを笑っている間は、
あんがい、苦しさがなかったりするものなんだよなぁ。
ああすればいいこうすればいいは言えなくても、
未来から見て「あきらめなかった」人間に、
こころからなりたいと思う。
未来から見て「あきらめなかった」人間、という視点へ。

三度三度のめしを、よく噛んで、おいしく食べて。
決まった時間に気分よくうんこして、
たのしみのひとつとしてお風呂にゆっくりつかって、
よく寝て、すっきり起きて、
いつもおだやかに笑顔でいるような人に、
だれも勝てるとは思わないほうがいい。

おもしろくない世の中を嘆かず。なぜなら俺のせいだから。

失敗も犠牲もさんざんあったのだろうけれど、
「この世」を、人びとはつくってきた。
ほんとに絶望的な状況があったと思うんですよ。
それでも、いま、その時代の人びとの子孫は、
つまりぼくらは、ここにいる。

風呂につかって考えた。
世界なんて、ころころ変わる、おれの機嫌しだいでね。

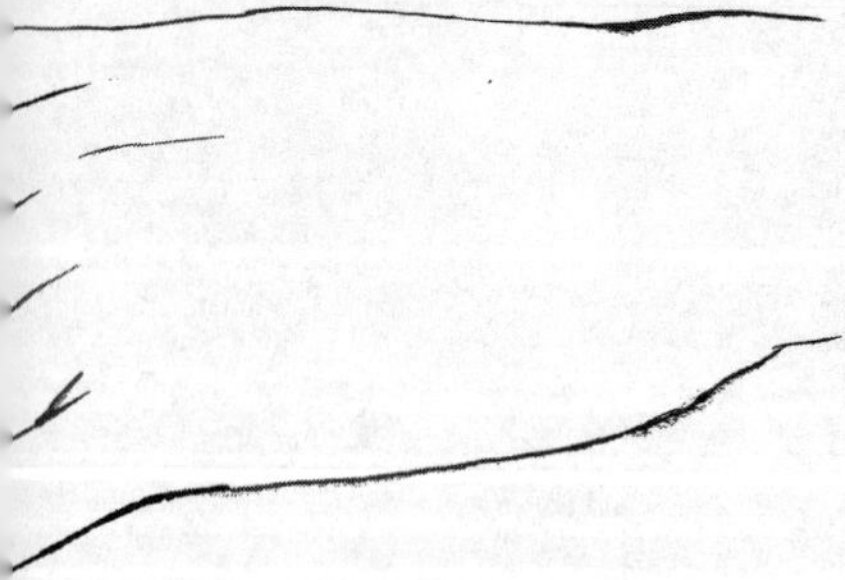

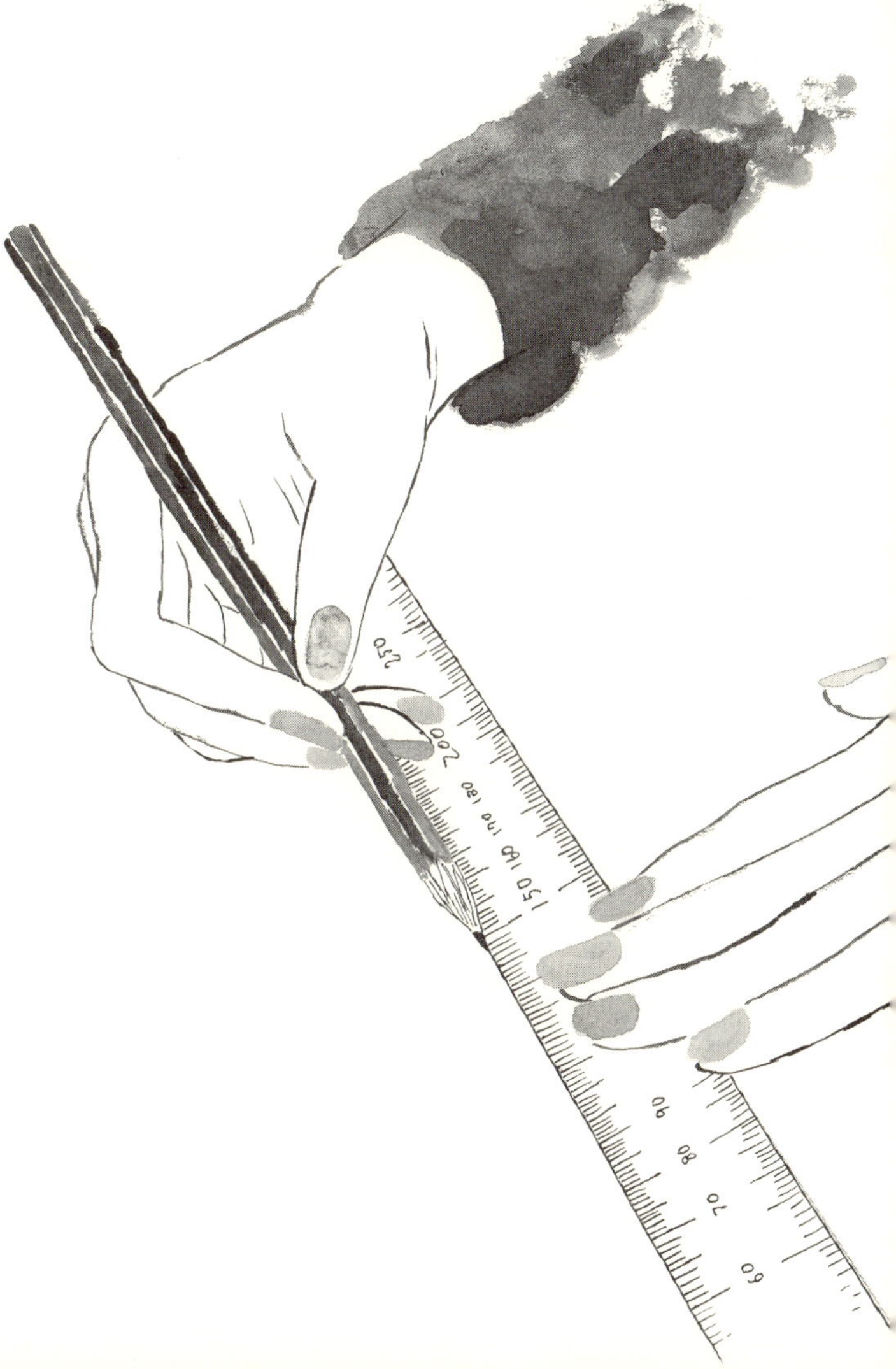

旅って、たくさんの天井を見ることさ。

「ひとり」に向かって「ひとり」を見つめている人は、
まったく別の場所にいる「ひとり」に発見される。
たった「ひとり」かもしれないし、
無数の「ひとり」かもしれない。

夏の出口あたりで半べそかいてうろうろしてる
さみしがりやの小学生たちに、言ってやりたい。
もっと味わえ、そのさみしさを。
どうにもならない無力感やら、孤独やらと、
よくかきまぜて、時間をかけて味わいたまえ。
そのさみしさを、噛みしめて、忘れないでいてくれ。
それは、うまく言えないけれど、
なにかとても必要な「思い出」なんだぞ。

「少年」という店は、いつか閉店せざるを得なくなるものだ。
だけど、裏口はずっと開けっぱなしでさ。

やみくもに変わろうとするな、君よ。いいところもあるのに。

なんども、思う。
人の気持ちの、ひとつだけの基本は
「さみしい」なのだろうと思う。

子どもは、とんでもなく不自由だからこそ、
子どもは余計に愛されてて、ちょうどいいのです。
おとなになってから、ぼくはそう思うようになりました。
じぶんのせいじゃなく、不自由な立場にいるものは、
みんな、少し余計に大事にされていいのだと思います。
それは、「甘やかしている」と言われそうなことですが、
人生にお酒やお菓子があるように、
そのくらいの「甘え」は、必要なのだと思うんですよね。
そのぶんおとなは、余計にしっかりしなきゃとも思うんだ。

新しい芽を吹く枝の根元は古い幹、さらに根っこ、つながって。

じぶんちのこどもが言ったかわいいことだとか、
いっしょにいるどうぶつがするかわいいことだとか、
ちっちゃ過ぎて、わざわざ言わなかったりしますよね。
でも、そういうことが、
ほんとはみんな大好きなんじゃないかな。
室町時代であろうが、22世紀の未来であろうが、
近くにいる人だけが知ってたり感じてたりする
「親しいもののかわいさ」って、たぶん変わらないです。

「たのしく」は、
「おやつ」程度のことなのかもしれないけれど、
その「おやつ」だけで生きていけるくらいに、
「たいへんによろしいもの」なのだとは言えないか。

大きな木が、いまそこにあるということは、
「大きな木がそこにあったらいいな」と、
林業とはちがう目的で、木を植えた日があったわけだ。
あるいは、大きな木を処分せずに、
生えたままにしておいたということかもしれない。
木があることを望んだから、そこに木がある。
一本ずつの大きな木は、人びとの望んだものだ。
人びとが、景色のなかに望みを残していく。
それは、文化というものなのかもしれない。

「誰かが言ったらうれしいだろうな」ってことを、
じぶんで言ってるだけ。

猫が、やわらかな、少しも強くない生きものだと知った。
食べものがなければ生きていけないし、
雨に濡れながら眠ることはできないし、
さまざまな危険にぶつかったら死んでしまう。
そういうものなのだと、わかることになった。
のら猫は、のら猫で、やっと生きているのだと知った。
いま、街で暮らしている猫たちは、

人の助けを借りていのちを維持しているらしい。
それが猫の望んだことかどうか問う人もいるだろう。
しかし、街の猫たちの生きることを助ける人たちは、
やがては、街の猫がいなくなって、
すべての猫がみんな、人間と家族になれる日を待つ。

よく知ってるはずの近所で、
猫と人間たちが、そんな未来に向かおうとしていることを、
ぼくは、最近知ったのだった。

『眠っている　ということ』

眠っている　屋根の下で　眠っている
屋根の上に　雨が降り注いでいるかもしれない
眠っている　家のなかで　ふとんの上で
いいのかい　そのまま眠っても
誰かが　見張っているのかい
襲いかかる敵は　いないのかい

眠っている　からだを横たえて
眠っている　寒さに震えることもなく
ひもじさもなく　痛むからだもない

眠っている人　眠っている犬
夜は　やさしいままでいる

風の音に　脅えることもない

眠っている　なんてうれしいこと
眠っている　このうえないご馳走

寝息は　すばらしい
横たわった胸や　腹が　動いている
夢だって　みてもいいんだ
それは　疑いなく　眠るものの眠り

わたしの眠りは　わたしのもの
あなたの眠りは　あなたのもの
犬の眠りは　犬のもの

（おやすみなさい　ありがとう）

犬に、ぼくは用事があるわけではない。
犬と、なにか仕事をするということもない。
だけど、いっしょに暮らしている。
その、目的も意味も、どっちでもいい、なくてもいい。
そういう関係というのは、落ち着くね。

そうか。犬も猫も、告発したり、
じぶんこそが正義だと言い募ったりしないんだ。
ああ、大好きだ、あなたたち。

前に、「いい会社とは？」という質問に対して、
吉本隆明さんが、こう答えてくれたことがありました。

「いい場所にいい建物があって、日当たりがよくてさ、近所にお茶を飲んだりできるところがあったら、毎日来てもいいやって思いますよね」

そのときには、わぁ、そう来たかと思いましたが、

「そうか、そうしよう」と実践してきました。

「はたらきたい」と「あそびたい」は、睦まじい夫婦だよ。

「働く」ということばは、実は、なんにも意味していません。
「働く」の絵を描いてごらんと言われたら、描けますか？
「働く（work）」って、
「する（do）」に近いくらい見えないことばです。

ぼくらは、「働く」あるいは「仕事する」ということで、
「だれかがよろこんでくれる」ことが好きなのです。
ぼくらは、「働く」「仕事する」ことで、
ごほうび（むろんお金も）がもらえるのが好きです。
ぼくらは、「働く」「仕事する」ことで、
じぶんが、なにか上手になることが好きなんですよね。

「働く」ことで、だれもよろこんでくれず、

ごほうびももらえず、なんの可能性も増えないとしたら、
やっぱり「働く」ことは続きにくいでしょう。
いくら「働きもの」だとしても、
「働く」ことの先にある「よろこび」があるから、
努力もがまんもできるし、疲れても続けられるのです。

ぼくは、じぶんもそうなので、
人間は「働く」ことそのものを好きじゃない、と思って、
いろんな計画を進めることにしています。
人間は、「よろこぶ」ことが好きなだけです。
いろんな人がよろこんでくれたり、ごほうびもらったり、
ずいぶんといろんなことができるようになったりね、
働くの向こう側には、そういうことがあるんです。

なにかの領域の「プロフェッショナル」だということは、
別のことについての「素人」であるとも言えます。
博士であれ教授であれ王であれ大臣であれ、
ほとんどのことについては「素人」です。
いや、メインの領域でさえも「素人でもある」はずです。

人に見えるところで仕事をしている人は、
ずうっと、絶え間なく
「あなたは、ダメになったね」と言われ続けている。
そのなかには「ほんと」というカケラが混じっているのですが、
それはじぶんで見つけないとしょうがないものなんで。

まだ練習をはじめてもいないときから、
「コツ」を知ろうと思っても、なーんの意味もないし、
それは、ほんとうに「ものにしよう」というときには、
かえってじゃまになるような余計な知識なんだ。

まだよちよち歩きもできないような段階で、
「ちょっとおぼえたら、すっとうまく行く」なんてこと、
絶対にないから、ほんとに絶対にないからね。

必要なのは、「コツ」だのなんだのじゃないんだよ。
他の人が考えてない時間も、考えることだったり、
みんながあきらめていることを、
あきらめないでなんとかしようとしていることなんだ。
「コツ」なんてことばを忘れるくらいになったら、
他人が訊いてくるんだね、
「コツはなんですか？」と。

説得力ってことについて考えていたんだけど、
「ちゃんとやってるやつ」の言うことって、
だいたいみんなが耳を傾けるよ。
それが説得力ってものじゃないかな。

リーダーは、じぶんのことは棚に上げている。
そうでないと無理、そして、それができるのがリーダー。

なんだか、たくさんの人の、とても多くの時間が、
「正解」を探すことに費やされているように
思えてなりません。
いや、遠慮なく言えば、
「正解」探しばかりで人生終わっちゃう人ばかりじゃない？

こういう女性に、こんな出合いをした
……どうするのが正解だろう？
新聞で、こういうことが問題になっている

……どういう意見を持つのが正解だろうか？
レストランでメニューを見ている
……どれを注文するのが正解だろうか？
どう生きたいのか問われてしまった
……どう生きたいのが正解だろうか？

こんなことばっかりのような気がするんです。
「正解」じゃないことを選ぶと、損？　悪？　迷惑？
「正解」病ってのが、いまの時代病のような気がする。

イメージを豊かに湧かせる人は、
「実現」にはあんまり興味がなかったりするものです。
「実現」を得意とする人は、
イメージを広げすぎることを怖れたりもします。

あらゆる表現、実はほんとに重要なのが「技術」ですよね。

なめるな。

じぶんが、なにとなにを、なめているか？
それを、とにかくチェックすることが大事だと、
そう思ったのです。

攻撃型の選手が、「守備をなめてないか」
都会で育った人が、「地方をなめてないか」
おとなは、「こどもをなめてないか」
不良少年は、「不良じゃない子をなめてないか」
先進国の人々は、「開発途上国の人をなめてないか」
忙しそうに働きまくる人は、「休息をなめてないか」
男は、「女をなめてないか」、またはその逆。
感情は、「論理をなめてないか」
というふうに考えていくと、

あんがい、人はなめてばかりいるように思いませんか。

金をなめてないか、貧乏をなめてないか、
運動をなめてないか、病気をなめてないか、
地震をなめてないか、津波をなめてないか、
テレビをなめてないか、新聞をなめてないか、
インターネットをなめてないか、個人をなめてないか、
お笑いをなめてないか、イケメンをなめてないか、
歴史をなめてないか、チンパンジーをなめてないか、
微量元素をなめてないか、肥満をなめてないか……。
ほんとに、なめてることは多いと思いますよー。

そしてそして、他の人をなめてないか。
とくに、敵をなめてないか。
さらに、大問題は、じぶん自身をなめてないか。
ほんとに、なめることの弊害は、なめちゃだめですよね。

ぼくは「素人の考えにこそ発想のヒントがある」とは、
まったく思っていません。
でも、専門家がたどりついた最高の方法が、
素人の考えと重なったりすることは、あるんですよね。

よろこぶべきか悲しむべきか、
「手をかけた仕事ほど、だいたいは、よくなる」んです。

ぼくが職業として、それでめしを食っていたのは、
コピーライターという仕事でした。
専門の勉強をしたことになっていましたが、
専門学校のようなところで、1年くらいだけです。
その期間、教室に通ったことを根拠に、
ぼくはコピーライターとして、
広告制作プロダクションに就職したのでした。

専門性のちがいなんて、講座に通ったかどうかだけです。
このことについては、ぼく自身が、
「あやしいものだよなぁ」と思っていました。
実際の仕事をはじめてから、ぼくの実力は、
ほんの少しずつましになっていったのでした。

じぶんの職業の専門性を疑っていたぼくは、
他の職業の人にも、その失礼な目を向けていました。
写真学校を出たからカメラマンだとか、
美術の学校を出たからデザイナーだとか、
料理学校に通ったから料理がうまいとか、
経済学部を出たから経済のことはまかせとけとか、
そういう思いこみは、やめたほうがいいと思ってました。

たった1年か2年、なにかを習ったということで、
どれだけ「シロウト」とちがう力を発揮できるのか。
そういう生意気なことは、いまも思っています。
なにかを習ったから、「最低限ここまでできる」とか、
ある期間弟子だったから「一割くらいは先生」なんて、
自動的に力がつくなんてことは、ないと思っています。
せいぜい、「その世界に詳しい人」になるだけです。

「広告は、商品のなかに練りこまれていく。
そういう進化になるから、これまでの広告技術よりも、
もっとずっとユーザーに近い視点が必要になる」

——出さなかった『最後の広告論』より。

考え無しの努力をするくらいなら、意識的に休息ですよね。

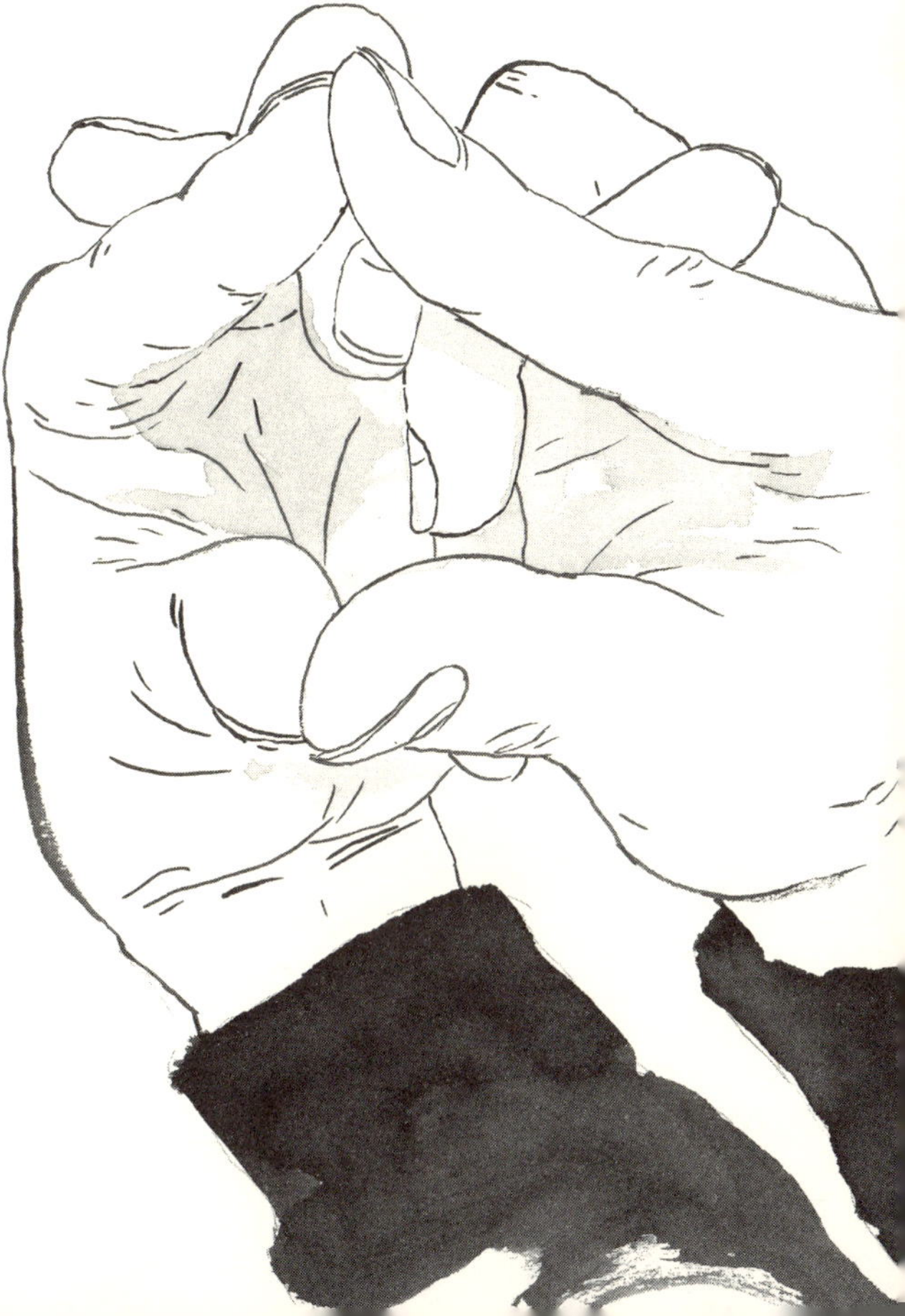

人という、こころを持った者は、
そのこころを、手や足以上に使える。

人の一生は、
なにを言ったかでもなく、
なにを思ったかでもなく、
なにをしたのか、
ただそれだけなんじゃないかなぁ。

たとえば、「感受性が鋭い」というのは、
自慢できることなのでしょうか。
たとえば、「純粋だ」というのは、
そんなに価値のあることなのでしょうか。
たとえば、「シャイだ」というのは、
ほめられて然るべきことなのでしょうか。
たとえば、「血の気が多い」というのは、
うれしそうに言えるようなことなのでしょうか。
たとえば、「儲けるのがへただ」というのは、
よいことなのでしょうか。
たとえば、「押しが弱い」って、
そのままにしてていいのでしょうか。

とにもかくにも、じぶんのことって、
じぶんが言いだして、じぶんが納得しなきゃ、
なんにもできないんです、ほんと。
と、以上は、じぶんに言ってることです。

誰がやる？　というようなあらゆる場面で、
「きみがやってくれたまえ」と言われるのを待ってても、
そういうことは、まずないのです。
よく「出たい人より、出したい人を」というけれど、
その、みんなが「出したい人」にしても、
「わたしがやります」と手を挙げてから始まるわけです。

若い人なんかで「わけもわからずモテたい人」がいます。
モテたいとも表現しないで、静かにふつうにしていると、
あっちの側から、無理やりのように、
「好き好き」言われちゃってひっぱりだこになっちゃう。
そんな夢想をしている人は、いくらでもいます。
シャイだからだ、と思ってるかもしれませんが、
よく考えてみたら、虫がいいだけのような気がします。

「わたしはモテようとしてない」と思われることは、
クジを引いてないのと同じことなのです。

「俺がやる」「わたしがやります」と、
はっきりと宣言した人に対して、人びとは判断をします。
それなりのリスクを覚悟して、決断し、彼を選びます。
それだけの重みというか責任のあることなのだから、
それこそ、「立候補しないで当選するやつはいない」
というのは、当たり前のことです。

恥ずかしながら、そのことに気づいたのが、
ぼくは、人生の半ばを過ぎてからだったのでした。
誰からか推薦されて、いやいや引き受けてうまくいく
……なんてことを信じていたのでしょうかねぇ。

じぶんの発言というのは、じぶんという生身の人間と地続きですから、
「じぶんが生きやすいように」発言してしまうんです。
それはそれで自然だと思うんですが、
大切なことがそれで曇ってしまうとしたら、やっぱりよくない。

いまの人たちは、Q&Aが大好きですよね。
質問があって、正解がひとつ……みたいな。
それより、Q&Q&Q&Q&でいいんですよ。
Aはそのなかに自然に混じってるんだから。

こう、たとえばさ、
今日っていう日に、いろんな人がいろんなことをしてる。

ギター抱えてるやつが、
いままで弾けなかったフレーズを
必死になって練習してて、弾けるようになったとか。

とても、怒りっぽい男が、
誰かの言うことにしっかり耳を傾けて、
じぶんの考えをあらためることが
できるようになったとか。

いままで引っ込み思案だった子どもが、
じぶんで切符買ったり、じぶんで弁当食べたりしながら夏休みのひとり旅ができたんだとか。

食べることの好きな人が、
料理本と首っ引きで、
新しいおいしい献立に挑戦して、うまくできたとか。

これまで面倒だなぁと思っていた本なんだけど、
読み出したら止まらなくなって、
最後まで読んでしまったんだよ、とか。

「わたし」が、なにかできるようになったことだとか、
「わたし」が、ちょっとましになったとか、
そういうことの積み重ねが、
「この世界」をつくっていくんだと思う。

←

じぶんが、上手になること、
じぶんが、もっとできるようになること、
それについての期待や希望がさ、
誰かに期待したり頼んだりすることよりも、
先にあるべきなんだと、ぼくは思っている。

「わたし」が、なにかを片づける。
「わたし」が、いいこと考える。
「わたし」が、誰かの助けになる。
今日という日も、そういうことができる日だ。
それぞれのいろんな人が、いろんなことをする日だ。

わかっていることは、とても少なくて、
そこに、もうちょっとわかることが加わると、
ものすごくうれしかったりします。
そして、それは同時に、わからないことの荒野を、
さらに拡大してくれやがったりもします。

去り行くものの後ろ姿をいつまでも見てるより、
じぶんの足をたがいちがいに前に出せ。
次のことを、もっとすてきにやらかすことが、
あの日へのなによりのお礼だからね。
終わりとか、別れとかのなかには、
もれなく、ハードボイルドなメッセージが
込められているのです。
「さらば……」そして、
「おまえは、これからどうする？」です。

人間というものは、「一喜一憂」したいのです。
「一喜一憂」が、好きなのです。
いつだって「一喜一憂」がしたくて、
「一喜一憂」を探しているのです。
「一喜一憂」をたくさんさせてくれる状況のことを、
「おもしろい」と言うのであります。
なぜ、若い女性が「不良っぽい」男性に惹かれるのか。

「一喜一憂」させてくれるからです。
おもしろいと言われる映画も、
おもしろかったぁと言いつつ帰る野球の試合も、
「どうなるかわからない場面」の質量が満足感でしょう。
つまり、それは「一喜一憂」の回数ではありませんか。
実力とは、「一喜一憂」しない確実性。
人気とは、「一喜一憂」させるスリル。

思春期とか、好きな人の名前を書いてみるとか、
誰にも聞えない場所で、名前を呼んでみるとか、
たいていの人はやったことあるんじゃないでしょうか。
好きだの、愛してるのと言わなくても、
その人の名前を呼ぶだけで、そういう意味になっちゃう。

恋愛というのは、いわば「妄想」の世界でしょう。
ああでもない、こうでもなさそうだ、
ああかしら、こうかしら、と、
根拠のあんまりないことについて、
ひたすらに妄想するんですね、だいたい。
まずまず、すべての恋は、片思いなのでありまして
(両思いというのは両側からの片思いでしょう)、
「妄想」なしの恋なんかありゃしないわけです。
人にとってとても大切な「想像力」というのは、
こうして鍛えられていくのかもしれないですね。

不幸だの、悲しみだのは、どんなに覚悟していても、
ほぼ必ずやってくるものです。
だからといって、よろこべるときにもよろこばずに、
渋い顔をしていれば、避けられるというもんじゃない。
あれも心配、これも気をつけなきゃなんて思い煩っても、
その心配や不安に、有効に対処することなんて、
できるもんじゃないのだから、
まずは「うれしがったり、よろこんだり」しようよ。
結婚したり、子どもをつくったりしてる若い人たち、
明るく、そのまま元気に行きましょうね。
「わたしたちの前には、一切の不幸はない」
というくらいの思いこみで生きて行けー、と思います。

「かわいいおよめさんになる方法」を質問されました。
「いやぁ、そんなの、なろうとしないほうがいいんじゃない？
相手の人は、あなたがうれしそうにしていることが、
いちばんうれしいんだから、
好きでうれしそうなら、それでいいんじゃない」と答えました。
ＯＫですか。

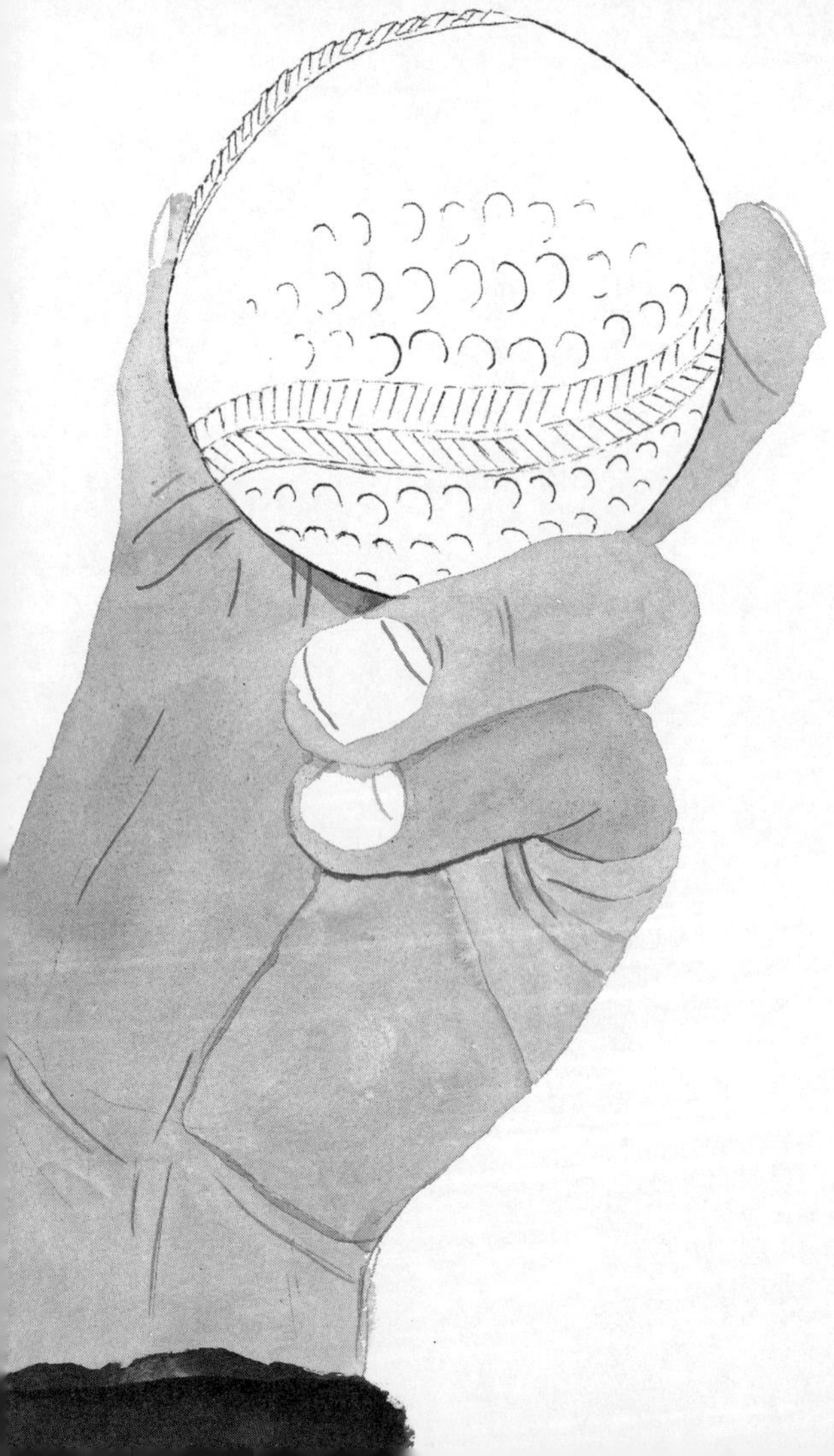

見えないくらい小さい思い出が、
今日も降り積もっていく。
思い出を思い出したことで、
それがまた思い出になっていく。

なんだか、未来のじぶんが、
「そこのところを覚えておけよ」と、
言ったのかもしれないです。

世界から、じぶんが消えたら、
世界には、じぶんのかたちの穴が空く。

じぶんのかたちの穴は、じつは、
じぶんが消える前から、そこにあって、
じぶんといっしょに動いていたのだった。

もう、じぶんのかたちの穴のことも、
じぶんと言ってもさしつかえないのかもしれない。
ぼくがいても、消えても、ぼくのかたちの穴はある。

世界はその穴を含んでいるし、
その穴があるからこその世界なのだ。
つまり、ぼくと世界はひとつのものだ。
ぼくがいようが、いるまいが。

だから、気配というものがわかるのだ。
世界というひとつのものの一部として、
なにがどうなろうとしているのかを、
ぼくらは感じられるのだ。

亡くなった人たちに、親切にしようと思います。
亡くなった人は、やっぱりみんなと別れていて、
すこしさみしいだろうと思うので、
いろんな場面で、その人のことを
勘定に入れていっしょに遊んだりしたいと思います。
亡くなった方に、もう、なんの苦しみもありませんように。

なにかにつけ、こころからお礼を言われているようなことは、
実はこっちからお礼を言いたいようなことなのです。

ものごとには、終わりがある。
わかっている、知ってる、それは常識だ。
おいしいものを食べていても、
いつかは食べ終わる。
どんなに仲のいい人がいても、
なんらかのかたちで別れはくる。
いかに楽しいことがあっても、
ずっと、いつまでも続くことはない。
夢中で読んでいる大長編小説でも、
やがて終わりがきてしまう。

わたしや、あなたの人生も、
終わりがくると言わざるを得ない。
知ってる、わかってる、常識だ、法則だ。
でも、どうしても、さみしいものだ。
知っているけれど、忘れていたままでいたい。
だから、終わりなんかないかのように、
ふるまい続ける人もいる、そっちのほうが多い。
でも、終わりがくると知っているのなら、
終わりがくることを認めたほうがよいのではないか。

←

いつまでも、食卓にいて
くちゃくちゃと口を動かしているのは、やめようか。
灯の消された遊園地に、いつまでも居残って、
無残な朝を迎えるよりも、そこを去ろうか。

恋人たちよ、握りあった手を離して、
それぞれの場所に出かけたまえ。
そしてまた、帰ってきて手をつなげばよいだろう。

終わりがないようにふるまうことが、
人びとをどれだけ苦しめていることだろうか。
終わりがあることは、ひとつの救いでもあるのだ。

近くの人たちのところや、
知らない人たちのところで、
赤ん坊が生まれている。

こんな世の中だから、
ろくでもない未来しかないだろうと言う人がいる。
そんなろくでもない未来を生きさせるのは、
こどもを不幸にするだけだから、
赤ん坊はつくらないと言う人もいた。
何十年も前から、そういう人はいた。

でも、近くの人たちのところや、
知らない人たちのところで、
赤ん坊が生まれている。

その信じ方は、なにか、
とても大きなことを表わしているような気がする。
赤ん坊は生まれてきて、
「ワタシハ　生キラレル」と信じきってそこにいる。

笑ったね。泣いてるよ。おっぱいのんでる。
こっちを見た。おしっこしたぞ。眠っているよ。
ひとりじゃ生きられないのは、わかりきったことなのに、
赤ん坊は、赤ん坊たちは、信じている。
それを見るぼくらは、
信じることのすごみを思い出したりする。

いいぞ、赤ん坊。
いいぞ、赤ん坊の成れの果ての、若い人、老いた人。

煎じ詰めれば、1行で済むようなことを言ってます。
でも、このくらいの時間、つきあってほしいから、
このくらいの分量で言ってるんですよね。
ことばって、愛撫みたいなものでもあります。

「じゃ、愛しましょう」というわけにはいかない。
湧きあがってきた感情を「愛」と呼んでるだけですから。

おいしいごはんを食べよう。
楽しいむだな時間を過ごそう。
じょうずにさぼって、どこかで笑ってこよう。
あなたが誰かを大事にしているように、
誰かさんもあなたを大事に思っています。

自己肯定感って、「わがまま」のことじゃないよ。
昼寝している犬の寝顔みたいなものだと思うんだ。

終わりの背中には、はじまりの胸がくっついている。
ほっんとに、そう思うなぁ。
だから、「終わり」をつくるというよりは、
いい「はじまり」を考えるほうがいいのかもしれない。

手は、両側から伸ばしあってつなぐものですからね。

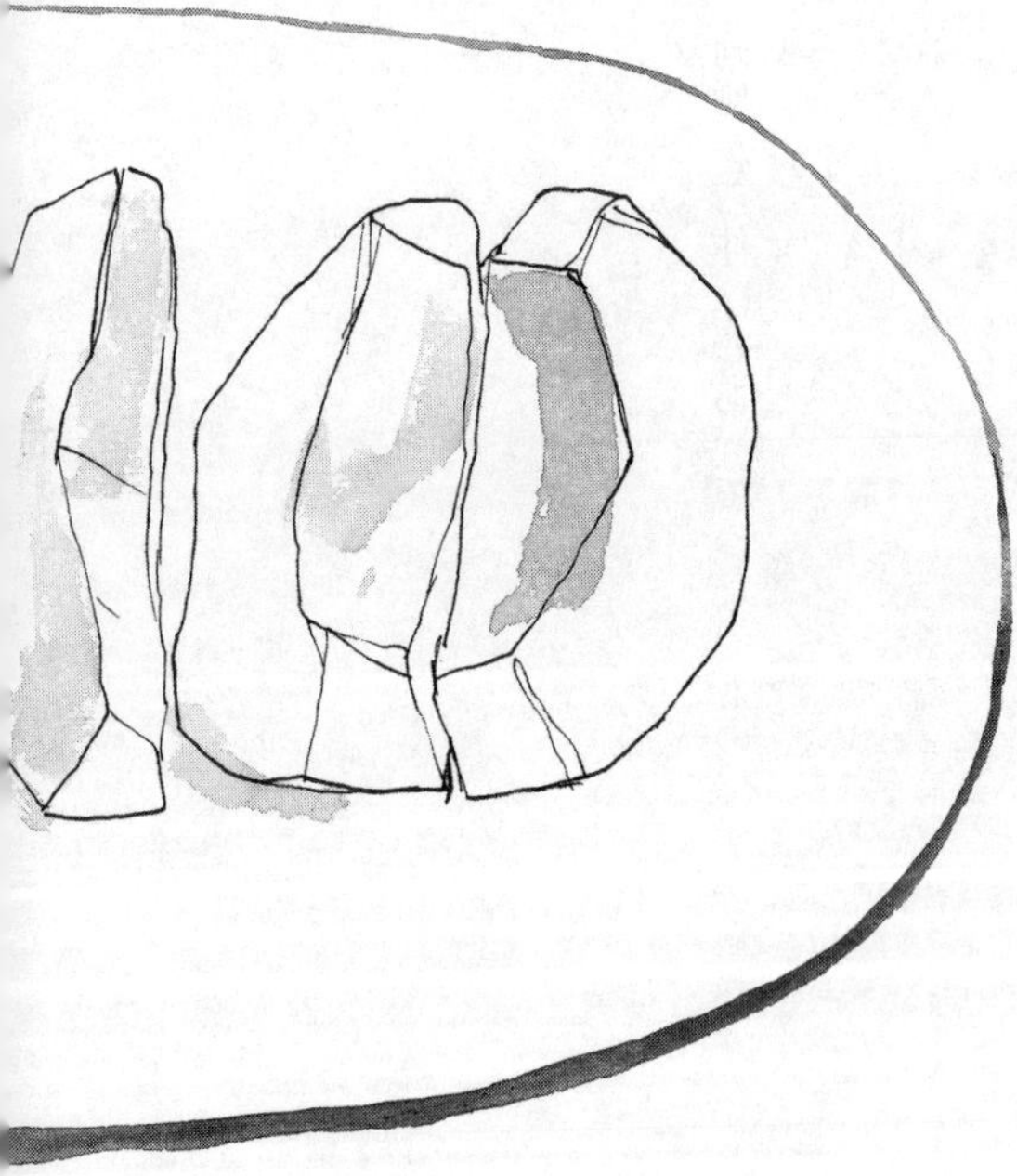

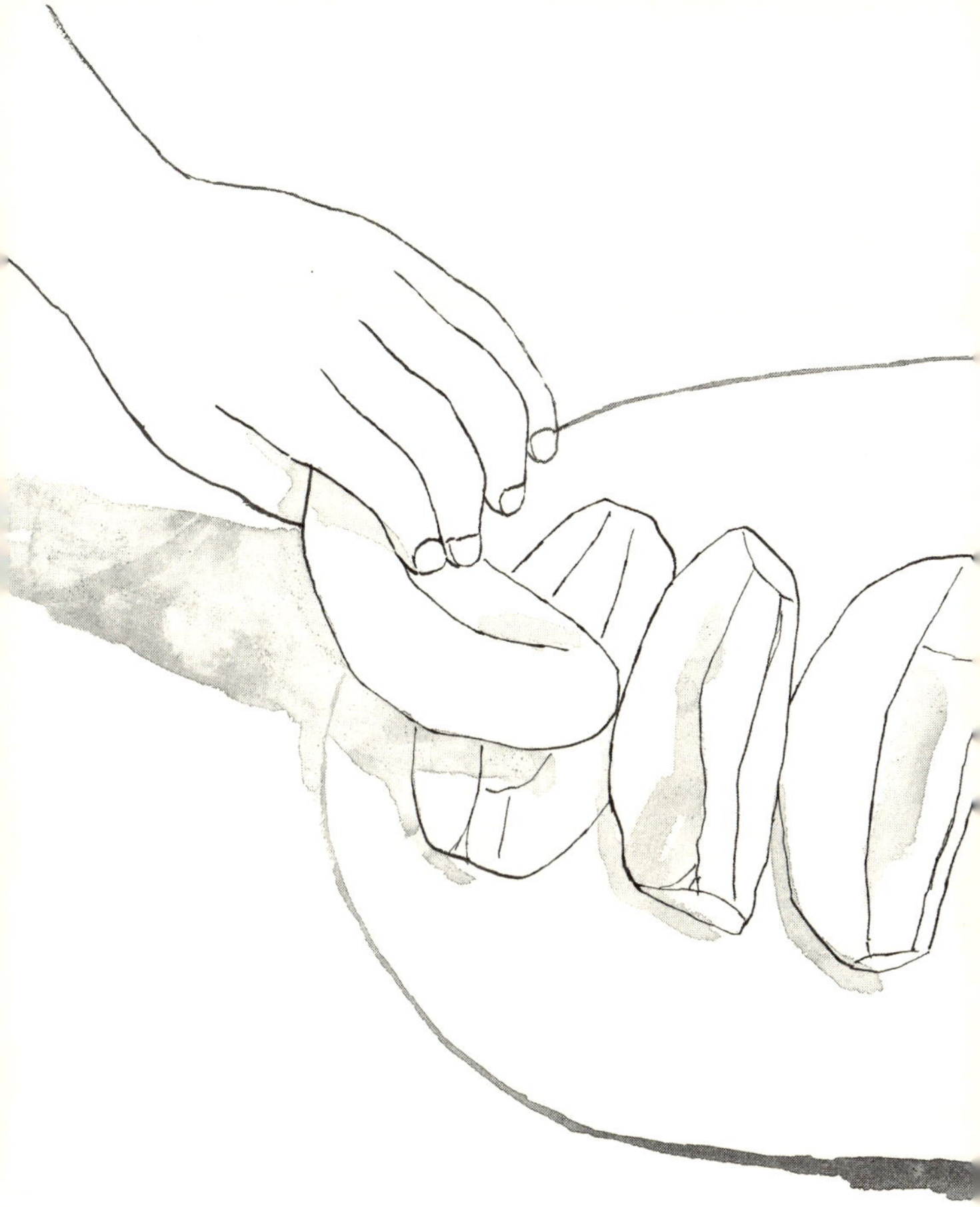

解説　はずんで、転がることば

重松清

ボールは、まるい。

中にはラグビーのそれのように楕円をしているものもあるし、ディンプルや縫い目のデコボコを言いだせばきりがないのだが、まあとにかく、ここは大ざっぱに、ボールはまるいのだ、と言い切らせていただこう。

まるいものは、どんなふうに動くか。

まず、はずむ。それから転がる。はずんで、転がったあと、どこかで止まる。止まっても、ちょっとしたはずみで、また動きだす。

この本にたっぷりと（でも、ゆったりと）収められている糸井重里さんのことばは、つまり、そういうことばなのだ。

§

「ボールのようなことば」という題名を初めて目にしたとき——それはシリーズ一冊目が刊行された二〇一二年四月のことなのだが、すぐに寺山修司の連作詩「野球少年の憂鬱」のことが思い浮かんだ。

寺山修司は同作の中で、野球のボールをことばに譬えていた。ピッチャーという名の男とキャッチャーという名の男は、ともに口をきくことができない。だから二人は、ことばの代わりにボールを投げ合うことで、お互いの気持ちを確かめているのだ、と。〈二人の気持ちがしっくりいっているときにはボールは真直ぐにとどいたが、ちぐはぐなときにはボールは大きく逸れた〉

糸井さんの「ボールのようなことば」に対して、寺山修司のほうは、いわば「ことばのようなボール」である。

ところが、そんな二人の関係に嫉妬した三人目の男が現れて、〈彼は何とかして二人の関係をこわしてやりたいと思い、バットという樫の棍棒で、二人の交わしている会話のボールを二人の外の世界へはじきとばしてしまった〉——それがすなわち野球の原形、というわけである。

寺山修司に従えば、バッターは、いささか損な、憎まれ役ということになる。

だが、見方を少し変えてみれば、ピッチャーとキャッチャーは二人きりのキャッチボールをつづけることでボールを独占しようとしているのだ、と言えないこともない。バッターはそれを諫め、ボール遊びの愉しみをフィールドに散った野手陣にも分け与えるために、バットを振り回して、二人のキャッチボールに割って入っているのではないか。

憎まれ役、仇役を甘んじて引き受けながら、バッターは独白しているかもしれない。ボールは、グラウンドにはずんで、転がっていくから、面白いんじゃないか。

一度も地面で跳ねたことのないボールなんて、まだまださ。

ここでの「ボール」は、もちろん、いつだって「ことば」に置き換えられる。

§

プロ野球の試合で用いられるボールは、試合ごとにおろしたての新品が用意される。ただし、そのボールは、くるんでいる銀紙をはがしてすぐに使うのではない。ピッチャーが投球するときに指からすっぽ抜けることのないよう、試合前に審判がボールの表面に砂をこすりつけて、揉んで、こねて、革をなめす油や縫い糸についた蝋を取り除かなければならない、と野球規則に定められているのだ。

その砂は、京都府網野町の「鳴き砂」で知られる琴引浜の砂と、鹿児島県の黒土とをブレンドしたものらしい。

メジャーリーグでも同様に（というか、向こうのほうが元祖）、新品のボールは、事前にこねて、ツヤ消しをしておかないと試合では使えない。メジャーリーグの全球場で用いられているツヤ消し用の泥は、「マジック・マッド（魔法の泥）」と呼ばれ、ニュージャージー州デラウェア川の某所で採取される。その場所は、ビントリフーさんという一家以外は誰も知らず、泥に混ぜ合わせる特殊な研磨剤の成分や配合も、一家秘伝となっているのだという。

……すみません、野球のウンチクを開陳するページではないのは重々承知しているのですが、要は、砂や泥のまったくついていないまっさらなままのボールは使えませんよ、ということ。それが面白くて、ちょっと書いてみました。

やっぱり、ここでも「ボール」は、比喩になってしまったようだ。

§

気をつけなくてはいけない。

「ボールのようなことば」の「ボール」を、僕たちはつい、なんの疑いも持たずに、野球のボールだと思ってしまう。糸井さん、野球が大好きだし。

だが、シリーズ一冊目にも、二冊目の本書にも、ボールが野球のそれに限定されているとは書いていない。

一度地面にはずんでしまうと、どっちに転がっていくかわからないラグビーボールだって、あり、だ。ピンをなぎ倒していくボウリングのボールだって、いい。「あっちに行け、あっちに行け」と常に自分の陣地から追い出され、相手の陣地に押しつけられてしまうバレーボールのボールも、試合の途中に割れてしまうことが珍しくないピンポン球も、もちろん、あり。

トリッキーな跳ね返りを期待されるビリヤードの球や、ひたすら痛めつけられて翻弄されるピンボールマシンの球も、可能性は決してゼロではないし、「ことば」に重ね合わせるなら、むしろそういう解釈を許してもらえる余地があるほうが愉しい。

いずれにしても、ボールは、繰り返しになるけれど、まるいのだ。まるいからこそ、はずんで、転がるのだ。

詩集のような、箴言集のような、断片というほど短くはなく、物語が成り立つほどには長くない、微妙で絶妙なボリュームのことばが並ぶ本書は、子どもからおとなまで、誰にでもわかる優しい／易しいことばで綴られた一冊でもある。

§

読者層もきっと幅広いはずだし、若いひとたちにこそ、ぜひ読んでほしい、と思う。そのうえで、若い読者のきみに一つだけ、齢五十を超えたオジサンからのおせっかいをさせてもらう。

この本、野球の千本ノックを受けるような悲壮な決意で読んだらダメだぜ——。ことばの一つひとつを、すべて正面から、しかもノーバウンドで受け止めなくちゃ、と決めつけることはないからな——。

§

本書のことばは、きわめてシンプルで、贅肉をすべて削ぎ落とされている。受験参考書のよけいな注釈や解説はなにもない。裏返せば、親切なガイドもない。

ように重要なポイントが箇条書きされているわけでも、ひときわ大きな文字で記されているわけでもない。いわば「素」のことばだけが、ぽん、と置いてあるのだ。

それをナイスキャッチできたら、もちろん、最高だ。やったね。若い頃にダイレクトに胸に届いたことばは、きみの元気の素になって、長く支えてくれるだろう。

その一方で、うまく捕れそうにないことばに出くわして、途方に暮れてしまうこともあるかもしれない。

「すごくいいことが書いてあるのは、なんとなくわかるんだけど、どこがどんなふうに『いいこと』なのかが、わからなくて……」

それでいい。まったくかまわない。

じつを言うと、オトナの僕だって、何ヶ所か、そういうところはあったのだ。だから、若いきみはなにも落ち込まなくていいし、無理をしてノーバウンドで捕ろうとしなくても——わかったふりをしなくても、いい。

ことばを地面に一度、はずませてみなよ。ボールの勢いを少し弱めて、バウンドしたところを、自分の捕りやすいタイミングでグラブに収めればいい。

僕も何度かやってみた。はずませ方は、こうだ。本書の一編を読み終えたあと、なるほど、ホント、そうだよなあ、と大きくうなずいてから、つづける。

「だって、たとえば……」

あるいは、こんなふうにつぶやく。

「なるほど、確かに、そういえば……」

もしくは、これ。

「そうだよなあ、オレにも昔、そういうことがあったよな……」

世の中のあれやこれやに照らし合わせてみたり、知り合いの誰それの顔を浮かべてみたり、自分自身の思い出を探ってみたりして、エピソードをつなげていくこと。

磨き抜かれた本書のことばは、いわば抽象の光沢を放っている。ならば、そこに「マジック・マッド」よろしく具象の泥を揉み込んでいけば、指にしっかりと馴染んでくれるだろう。

また、僕たちがいま立っている地面の荒れ具合や傾きは、ボールのバウンドや転がり方を見ればよくわかる。逆に、一見して素直そうに思えることばの意外なクセ球ぶりにも、地面に当てることで気づかされる。

僕は高校時代にハンドボール部にいたのだが、強烈なスピンをかけたシュートは、じつは空中で変わった動きをするわけではない。ゴール前でバウンドさせたときに初めて真価を発揮して、予想外のはずみ方でゴールマウスを襲うのである。

糸井さんのことばだって、そうではないか。穏やかな語り口に隠されていたスゴみが、地面にはずんだときにわかる。そんなことばが、シリーズ二冊のそこかしこにひそんでいるように、僕には思えるのだが……どうだろう、若いきみの感想は。

ちなみに、自分自身の思い出でボールをはずませたときには、しばしばイレギュラーバウンドをして、ボールがみぞおちをえぐってしまう。そのほろ苦い（いや、甘酸っぱい、かな）痛みも、じつは本書のことばと出会う大きな愉しみの一つではないかと、僕は思うのだが……こちらは同年輩の皆さんの感想をお聞きしたいものである。

「でも」と、若い読者のきみは言うだろうか。「エピソードがたくさん出てくるほど、オレ、長く生きてないもん」――そのとおりだ。

うまくエピソードが出てこなければ、わからないままにしておけばいい。いつか、ああそうか、そういうことか、とわかる日がきっと来る。オジサンを信じなさい。

そしてさらに、はずんだボールは、そのまま転がっていく。そのゴロの軌跡に見とれているのも悪くないし、あとを走って追いかけていくのもいい。

すると、転がった先にいる誰かが、ボールに気づいて、グラブを差し出すだろう。年上かな、同世代かな、年下かな。同性かな、異性かな。それは、きみの想像力に任せる。とにかくそのひとはボールを拾って、顔を上げて、きみのことにも気づくのだ。

やあ。

どーも。

きみたちは目を見交わして、ちょっと照れくさそうに微笑み合う。

§

シリーズ一冊目に、こんなことばがある。

〈ぼくはこのボールを投げたいのだ。／投げたボールが、みんなのところを転がって、／そこでまた、新しいたのしみの輪がひろがっていく。／そんなことを夢みているわけだ〉

その思いは、もちろん、二冊目の本書にも引き継がれているはずだ。

§

シリーズ一冊目から、忘れがたいことばをもうひとつ。

〈ボールはいいですよぉ。／ボールは、あまのじゃくて、がまんづよくて。／ボールはかわいらしくて、やさしくて。／あなたの好きなだけ、いっしょに遊んでくれる。／ほったらかしにしても文句もいわないで、／ボールは、待っていてくれる〉

そんなことばを、糸井さんは語りつづけ、綴りつづけている。

「ナイフのようなことば」や「旗のようなことば」ではなく。自らの信じる正しさを誇示する「くさびのようなことば」でもなく。まして、「藁人形に打ちつける五寸釘のようなことば」でも、「墓標のようなことば」でもなく。

はずんで、転がることば。

渡して、受け取ることば。

シリーズ二冊に収められたすべてのことばには、「活字にはなっていない幻の一行目」があるんじゃないか、と僕は思っている。

あのね――。

幼い子どもがお母さんの耳元に口を寄せて話しだすときの、最初の一言である。

（二〇一五年夏　作家）

本書は二〇一二年～二〇一四年に東京糸井重里事務所より刊行された「小さいことば」シリーズの単行本3冊から抜粋、再編集して構成されたものです。

この本のもととなっているウェブサイト

ほぼ日刊イトイ新聞
http://www.1101.com

ほぼ日刊イトイ新聞は、糸井重里が主宰するインターネット上のウェブサイトです。1998年6月6日に創刊されて以降、一日も休むことなく更新され続けています。PC、携帯電話、スマートフォン、タブレットなどから、毎日無料で読むことができます。

既刊本のお知らせ

ほぼ日文庫

ボールのようなことば。

糸井重里

定価：本体740円（税別）

ISBN：978-4-902516-77-7

糸井重里が書いた5年分の原稿から、こころに残ることばを1冊に。長く、たくさんの人に読まれています。2012年発行。